CHANEL
M'A DIT

En collaboration avec :

Pierre Arnulf

Lilou Marquand

CHANEL M'A DIT

JClattès

A Maria,

A Thomas

AVANT-PROPOS

Avant d'être une marque, Chanel fut une aventurière. Son destin, extraordinaire de bout en bout, a fait couler beaucoup d'encre : on a parlé de ses origines, de ses relations avec Picasso, Cocteau, Stravinski, de son attitude pendant la guerre. Morand a merveilleusement rendu sa conversation, son style brusque et imagé. Mais personne n'a dit ce que fut, au jour le jour, sa seconde vie, de son retour en 1954 à sa mort, en 1971.

J'ai eu la chance de la voir quotidiennement durant cette période, et de susciter ses confidences. Chanel se livrait peu, et comptait sur moi pour ne pas trahir ses secrets. Aussi l'idée de publier ces souvenirs, quelques années seulement après sa mort, me parut longtemps sacrilège. Il m'arriva même de la voir, en rêve, m'interpeller furieusement parce que j'avais raconté tel épisode de sa vie.

Chanel, pourtant, était la contradiction même. Malgré ses consignes de silence, elle faisait tout pour qu'on ne l'oublie pas. Elle imprimait sa marque et son style dans chaque domaine. Aujourd'hui encore, on reconnaît sa griffe au moindre accessoire. Paradoxalement, elle pensait davantage survivre à travers les gens qu'elle avait connus, les histoires qu'elle racontait et sa personnalité que par ses sacs ou ses blouses.

Elle chercha même, en vain, quelqu'un pour écrire ses Mémoires : c'est peut-être à ceux qui l'ont aimée de le faire pour elle. Dix-huit ans après sa mort, c'est aussi par fidélité que je livre ces souvenirs...

La rencontre

J'ai toujours aimé m'habiller. Lorsque j'étais adolescente, mes cinq frères et sœurs se moquaient de moi : la mode avait quelque chose de péjoratif pour eux, qui rêvaient de cinéma. Et pourtant... J'adorais le contact des tissus, le jeu des couleurs, les rapprochements imprévus. Je découpais tous les articles sur la couture, les défilés, et... Chanel. Son style me fascinait, même s'il n'était qu'un souvenir, « Mademoiselle » ayant cessé toute activité en 1939 et gagné la Suisse, à la Libération, après sa liaison avec un officier allemand...

Quand elle décida de rouvrir la rue Cambon, personne ne crut à ses chances. On était en 1954, elle avait soixante et onze ans, et sa première collection fut reçue avec des sarcasmes.

« Mélancolique rétrospective », titra *L'Aurore*, « un fiasco », commenta le *Daily Mail*. Christian Dior avait tout renouvelé, Chanel semblait n'avoir rien appris en quinze ans d'inactivité.

Ce retour m'impressionna pourtant. Quel caractère, il fallait pour tout risquer à cet âge! J'admirai Chanel comme l'auteur d'un exploit.

Mon frère aîné, Christian Marquand, s'était lié avec les frères Mille. Le premier, Hervé, dirigeait *Paris-Match*, le second, Gérard, était décorateur. Ils recevaient la Terre entière, de Marlon Brando à Vadim, et à n'importe quelle heure de la journée, dans leur hôtel particulier de la rue de Varenne, à deux pas du musée Rodin. C'était un appartement merveilleux, disposé sur deux étages, avec des boiseries dans les pièces regardant le jardin. On y trouvait déjà le goût de Chanel, qui avait orienté Gérard vers un style très confortable, fait de grands sofas, de moquettes moelleuses et de tables basses.

Christian m'y emmena dîner : c'est là que, pour la première fois, on me parla de Chanel comme d'un personnage familier.

Puis j'entendis une interview d'elle à la radio. Son énergie, son enthousiasme, sa voix restèrent gravés dans ma mémoire. J'aime les gens passionnés, et Chanel l'était à chaque instant. Ce doit être merveilleux de connaître une femme pareille, me disais-je.

J'avais toujours travaillé jusque là, d'abord au *Bottin commercial*, qu'avait fondé mon père, puis à *L'Express* avec mon ex-mari, Philippe Grumbach. La politique m'intéressait si peu qu'il me fallait, pour comprendre la carrière de Mendès France, questionner Jean-Jacques Servan-Schreiber. Edmonde Charles-Roux me confia enfin les pages shopping de *Vogue*, où Chanel, là encore, occupait toutes les conversations.

C'est alors que je me mis en tête de la rencontrer. Pourquoi? Sans doute parce que travailler à heures fixes, dans un bureau, m'ennuyait.

Chanel, bien sûr, n'avait aucune raison de me recevoir : nous avions un demi-siècle de différence et aucun point commun. Mais je croyais, depuis l'enfance, que rien ne me serait refusé si j'avais foi en ce que je voulais, que tous les obstacles céderaient devant moi jusqu'à y voir clair... La collection Chanel avait été sifflée à Paris. Elle fut applaudie aux États-Unis, grâce à Elizabeth Taylor, Lauren Bacall et Grace Kelly. La mode s'empara de Chanel aussi vite qu'elle l'avait condamnée. Paris redécouvrit celle qui avait ouvert une boutique de chapeaux avant la Première Guerre mondiale, et régné sur le goût jusqu'à la Seconde.

La collection de 1954, finalement, fut un

13

triomphe que je saluai comme un acte de justice.

Philippe Grumbach, mon mari, me donna alors l'idée de commander un tailleur rue Cambon, et de ne pas le payer. Je pourrais ainsi aborder Chanel, facture en main, lui avouer que je n'avais pas d'argent, et lui proposer de la rembourser en travaillant pour elle...

Ce que je fis aussitôt. J'avais « mon » tailleur depuis un mois, mais la facture n'était toujours pas là. Aussi décidai-je de commander un second tailleur : cinq jours plus tard je recevais – enfin – la facture du premier.

Chanel, selon les frères Mille, arrivait chaque jour à une heure moins le quart : je me postai donc dans la boutique, mon tailleur en tweed sur le dos, juste avant l'heure du déjeuner. La première fois, Chanel passa en me dévisageant rapidement, mais j'étais trop émue pour l'aborder : je repensais à la grande couturière que j'avais entendue à la radio, et mon cœur battait à tout rompre. L'opération se répéta le lendemain : j'eus cette fois le temps de la dévisager.

Je la trouvai moins grande et plus mince que prévu, avec un visage ridé, maquillé, et un sourire lumineux. J'étais si impressionnée que je remis à nouveau ma décision de lui parler.

Quelques jours plus tard, je réussis enfin à l'aborder.

— Je vous vois depuis quelque temps... me dit-elle en me dévisageant. Ce tailleur vous va bien, mon petit... Mais qu'est-ce que je peux faire pour vous?

— Justement, je ne peux pas le payer, et j'aimerais beaucoup...

Je n'avais pas fini ma phrase que Chanel avait déjà tourné les talons.

A ma grande surprise, je n'avais pas été la plus intimidée des deux. Sa gêne me donna du courage : je revins sous prétexte de choisir des accessoires. Je mis dans la confidence la directrice de la boutique qui, sans m'interdire d'agir, me laissa peu d'espoir. Chanel détestait parler d'argent, et supportait mal qu'on l'aborde directement. Je l'attendis tout de même : elle passa sans m'accorder un regard. Je réussis à lui redire un mot, à quoi elle répondit :

— Ça ne me regarde pas.

Je repartis aussitôt, certaine d'avoir gâché mes chances et perdu mon argent.

J'allai demander conseil aux frères Mille.

— Mon petit coco, on dîne chez elle ce soir, alors tu viens avec nous.

J'eus le temps de rentrer chez moi, de me changer, et d'escalader le fameux escalier de l'immeuble de la rue Cambon...

Nous étions cinq — Chanel, les frères Mille, un intime et moi. Elle m'accueillit parfaitement, en

15

bonne maîtresse de maison. Elle parla presque sans arrêt, en me regardant du coin de l'œil, sans voir que je l'épiais moi aussi. J'étais très impressionnée, au point de ne pouvoir suivre ce qui se disait. J'entendais des rires, et répondais « oui-oui » quand on m'interrogeait.

Au milieu du repas, Chanel demanda aux frères Mille :

— Mais qu'est-ce qu'elle fait là ? Elle me harcèle tout le temps à la boutique...

— C'est la sœur de Christian Marquand, que vous avez vu chez nous, et au cinéma... Vous savez bien : elle vous admire, et aimerait travailler...

Mademoiselle savait. Mais elle sembla n'y rien comprendre, et passa à autre chose. Gérard Mille me prit la main pour me réconforter, mais je n'avais plus aucune illusion. Je bus beaucoup, contrairement à mon habitude, et l'alcool finit par me détendre. « J'ai agi comme il fallait : pourquoi en faire un drame ? » me disais-je intérieurement.

La suite de la conversation m'échappe : je me souviens qu'on prit le café au salon, et qu'au moment de se quitter Chanel demanda à Gérard :

— Quel jour sommes-nous ?

— Jeudi, Coco.

Elle se tourna alors vers moi pour me dire :

16

– Vous, vous commencez lundi!

C'est ainsi que je suis rentrée rue Cambon, aussi facilement que dans les rêves.

Elle me l'avoua plus tard : jamais on ne l'avait abordée aussi directement.
– Tu vois, la manière dont tu es arrivée chez moi me ressemble, et pourtant on n'a rien de commun!
Je n'aime pas, en effet, me mettre en avant. Mais l'admiration m'avait donné des ailes. Je l'avais abordée avec l'audace des timides, et Mademoiselle l'avait compris.
Ma première impression, pourtant, avait été mitigée. Chanel avait tranché sur tout avec une précision terrible. Morand parle à juste titre de ses « aphorismes tombés d'un cœur de silex ». Elle n'avait cessé de juger des gens et des choses avec une passion extraordinaire. Elle l'avait fait sans hésitation, se moquant de plaire ou d'irriter. Je quittai la table à la fois anéantie et angoissée par ce qui m'attendait. Mais ma joie avait été la plus forte : j'allais travailler auprès de Coco Chanel.

Le lundi, on m'apprit que je m'occuperais des relations avec la presse. Le travail ne me déplaisait pas, et j'étais bien payée. En vérité, c'était à peine un travail : il suffisait de dire non à la plupart des journalistes. Chanel donnait très peu d'interviews, et cette réserve était la meilleure publicité. J'aurais pu être déçue ; mais c'était moins la couture que Mademoiselle, son histoire, sa personnalité, qui m'intéressait. Le cadre m'importait peu : Chanel aurait été bougnate au coin de la rue, j'aurais été bougnate avec elle.

Je vis peu Mademoiselle durant les deux premières années. Les demandes d'entretien ne passaient même pas par moi : Marie-Hélène Arnaud faisait l'intermédiaire entre Chanel et l'extérieur. Belle, élancée, avec des proportions idéales, elle était son mannequin fétiche, inspirant tout son travail et le présentant à la perfection. Les clientes ne voyaient qu'elle lors des défilés, et ses robes partaient les premières.

Leurs rapports étaient étranges. Marie-Hélène Arnaud aimait Chanel comme on aime son créateur. Elle était incapable de la contredire, ou tout simplement de lui répondre. Elle la suivait partout comme son ombre, sans rechigner. Tout le monde la poussait à s'exprimer davantage, mais elle pouvait à peine finir une phrase. A quoi bon d'ailleurs ? Mademoiselle l'aimait comme sa fille, cela lui suffisait.

18

Les prétendants ne manquaient pas. Mais aucun ne réussit à l'arracher à la rue Cambon plus d'un week-end. Chanel elle-même l'encourageait à avoir des relations suivies – mais Marie-Hélène baissait les yeux.

– Tu comprends, j'ai des problèmes, me dit-elle à l'époque où Robert Hossein la courtisait... Je l'aime beaucoup... Mais j'ai éprouvé... c'est normal aussi...

On en était au même point à la fin qu'au début de la conversation. Elle ne réussissait jamais à exprimer ce qu'elle ressentait.

La possessivité de Marie-Hélène n'expliquait pas tout dans l'éloignement de Mademoiselle. Chanel était, de toute façon, difficile d'accès. Sa voix, son physique maintenaient à distance. Seuls une poignée d'amis – ou de snobs – se permettaient de l'appeler Coco ; tous les autres lui donnaient du Mademoiselle. Elle adorait ce mot, devenu partie intégrante de son nom. Il n'évoquait pas la vieille fille, mais la patronne de droit divin. Rien ne lui fit plus plaisir que l'article de Jeanson finissant par : « Mademoiselle est mieux qu'une grande dame : c'est un monsieur. »

J'étais en outre intimidée. Je craignais, en me rapprochant d'elle, de la décevoir, puis d'être oubliée. Malgré la distance, je ne cessais de l'observer. Elle ne dormait jamais dans ses

19

appartements, et mangeait à n'importe quelle heure. Elle vivait selon ses règles, indifférente aux choses matérielles. J'aimais ce style, ces billets de banque froissés sortant de ses sacs, ce côté Gitane de luxe qui me rappelait, à sa façon, ma jeunesse...

Mes parents s'étaient connus en jouant *Les Deux Orphelines* sur les planches d'un théâtre amateur à Marseille. Ils s'étaient mariés très jeunes – ma mère avait déjà cinq enfants à vingt-sept ans. Bien qu'ils aient dû abandonner très tôt la comédie, mon père garda toujours un goût certain du décorum. Il était à la fois bohème et grand seigneur, collant des affiches communistes et nous promettant de vivre dans des palais. Je me souviens que pendant la guerre, en pleine pénurie, il nous emmena dîner au *Berkeley*, un restaurant plein d'Allemands, de trafiquants et de nourritures merveilleuses.

Le repas fini mon père prit l'addition, décida de ne payer qu'une somme raisonnable en tickets de rationnement et en monnaie, puis fit signe au maître d'hôtel.

Le ton monta, papa se leva avec un regard terrible... Le directeur, alerté, s'avança, négocia, et devant notre détermination finit par nous raccompagner comme d'authentiques dignitaires...

Notre père avait toujours vécu ainsi. A quatorze ans il vendait des pastèques dans les rues de Marseille, à vingt des savons et de l'huile. C'était un aventurier au regard d'enfant, sûr d'être un génie financier, mais totalement irréaliste : ma jeunesse fut très gaie, et sans aucune sécurité. Nous étions sans cesse agglutinés à nos parents, qui s'adoraient. On attendait chaque soir papa sur le perron de la maison de Juan-les-Pins, une bourgade alors. Il klaxonnait, je montais sur la voiture pour l'embrasser, ma mère tendait son tablier pour recevoir l'argent gagné dans la journée. Longtemps on nous crut milliardaires, à nous voir l'été à Saint-Tropez et l'hiver à Megève. En vérité mes parents vivaient au-dessus de leurs moyens...

Après une petite affaire de conserves, notre père créa, en 1935, un Syndicat de l'industrie et du commerce. L'idée plut : dix représentants proposèrent bientôt aux commerçants de toute la France un contrat donnant droit à une inscription publicitaire dans le bottin du syndicat, et à des avantages dont aucun adhérent ou presque ne profita.

– Les gens sont bêtes, commenta simplement mon père...

La vie dans le Midi, au début de la guerre, était plutôt facile. On allait à l'école pieds nus, par le bord de mer. Puis vint la débâcle de juin 40. Pour échapper à l'attaque italienne on se

21

réfugia à Vichy. Mais une fois le calme revenu, on rejoignit Nice, où le ravitaillement était bon. Un curé déjeunait régulièrement chez nous, dans l'espoir de ramener toute la famille à la religion. Il découvrit les opinions communistes de mon père, et le dénonça. On dut à nouveau partir, à sept dans la voiture, au hasard des déplacements. C'était une existence curieuse, une vie de roulotte en pleine guerre. On pouvait rester vingt-quatre heures à Mâcon, ou trois jours à Vichy. Mais il fallait toujours repartir pour trouver de la nourriture, exactement comme le faisait, je l'appris plus tard, le père de Chanel, un marchand ambulant.

Nos conditions de vie étaient précaires. On dormait parfois dans la voiture, en changeant d'école à chaque étape. Papa, malgré cela, nous reprochait de ne pas faire d'études sérieuses... On finit par se fixer en Haute-Savoie, dans une grande ferme.

Notre père rentra à Paris s'occuper du syndicat. Bien que la pénurie de papier empêchât la parution de son bottin, il se refusa toujours à collaborer. Les commerçants continuaient d'ailleurs à envoyer leur mandat annuel, qu'il touchait par la poste. On put le rejoindre en 42 : je me souviens des bombardements alliés, de mes frères comptant les appareils touchés par la D.C.A. allemande, et de leur excitation lorsque

22

le parachute d'un pilote fut rattrapé par son avion en flammes : leur réaction m'horrifia autant que la scène elle-même...

A l'approche de la Libération, on nous envoya dans le Jura sous la garde de notre sœur aînée Huguette, la plus solide d'entre nous – elle gifla un officier allemand qui l'avait abordée dans la rue.

Les combats terminés, Christian partit à pied, en éclaireur, vers la capitale, où Jouvet lui signa son premier contrat et où il connut, par l'intermédiaire de Marcel Herrand, Cocteau et Jean Marais. Un an plus tard, le reste de la famille le rejoignit.

On s'installa rue de Bassano, près de l'Étoile. J'avais quatorze ans, on me mit dans un collège de petites filles riches. Au moment d'escalader le perron, la ficelle de ma valise cassa sous le regard sévère de la directrice, provoquant le rire des élèves : ce fut le dernier épisode de notre vie de bohème.

La guerre finie, les affaires de mon père reprirent. Son syndicat s'étendit aux soyeux de Lyon et à la haute couture parisienne, il crut son bottin l'égal du Bottin mondain... Ma mère était très accueillante, et la maison ne désemplissait pas.

Les amis restaient dîner en échange de quelques heures de travail : Michel Auclair, Maurice

Ronet collèrent des enveloppes dans ces pièces où je vécus ensuite avec mon frère Christian, ma sœur Nadine et, un temps, Vadim ou Marlon Brando.

Mon frère Christian avait connu, dans l'entourage de Cocteau, Christian Bérard. Il faisait les décors et les costumes des pièces de Jouvet, et je rêvais de suivre la même voie. La rencontre d'Alexandre Trauner, le décorateur des *Enfants du Paradis*, finit de me convaincre : j'entrai au cours de Paul Colin, l'affichiste. Mes parents me trouvaient « géniale ». Ils étaient bien les seuls. J'abandonnai le cours pour épouser Philippe Grumbach, figurer dans le journalisme, puis entrer, à vingt-cinq ans, dans le petit théâtre de Coco Chanel...

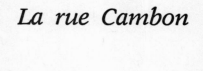

La rue Cambon

Dès la rue Cambon, on était frappé par quatre vitrines mystérieuses, aussi petites que profondes, tendues de velours noir. Mademoiselle n'y faisait jamais mettre qu'un sac, un foulard, un bijou. C'était l'essence de son style, presque sa griffe. Étranges vitrines, si belles dans leur dépouillement que certains passants s'y arrêtaient, peut-être parce qu'ils craignaient, en entrant, de déranger Mademoiselle dans ses appartements.

Une fois dans la boutique, tout changeait. On était enveloppé par les étoffes, les parfums, les miroirs. Comme dans le château de la fée, on voulait tout voir, tout essayer, glisser dans cette atmosphère feutrée et rassurante où les vendeuses avaient consigne de parler bas. Le matin, du n° 5 était vaporisé dans tout le magasin. Le soir, après les essais sur les clientes, des nuages de Cuir de Russie, de Tubéreuse et de Gardénia flottaient au plafond. Je n'oublierai jamais cette odeur de la rue Cambon.

La rue Cambon, c'était Mademoiselle. Elle y avait tout conçu, des meubles aux tables de bronze, des consoles à l'éclairage, des divans de daim aux moquettes beiges. Elle détestait les décorateurs – hormis Gérard Mille : c'étaient eux, selon elle, qui venaient prendre leurs idées rue Cambon. Accepter leurs services? Autant introduire un étranger dans la maison...

Il fallait emprunter l'escalier, avec son jeu de miroirs et ses motifs croisés. Au premier étage, on trouvait les cabines d'essayage, le salon des défilés avec son podium central et, en face, mon bureau. Au second, c'étaient les appartements de Chanel : le salon, avec sa bibliothèque monumentale et ses laques de Coromandel, la salle à manger et son bureau-divan, où elle ne dormait jamais, et enfin une très belle salle de bains toute en glaces dont elle ne se servait qu'après le déjeuner, ou pour se changer rapidement le soir.

Au troisième, c'était le studio, où s'ébauchaient les collections, puis les ateliers des petites mains fermaient le ban.

En l'absence d'escalier de service, chacun empruntait ces marches, les clientes pour leurs

28

essayages comme les petites mains à leur arrivée et leur départ : tous les matins, un peintre
les passait au blanc d'Espagne afin d'éviter les
chutes. Quant aux miroirs, ils permettaient à
Chanel de tout surveiller, en restant presque
invisible. Elle sortait sur son palier, jetait un
coup d'œil, et rentrait si tout allait bien. Dans le
cas contraire, elle faisait monter la vendeuse
prise en faute, ou la collaboratrice indispen-
sable. Ici elle donnait un ordre, là elle interdisait qu'on la dérange. Et chacun, de l'apprenti
cuisinier à la directrice du salon, vivait avec
cette voix qui pouvait, à tout moment, tomber
du second...

Le système permettait aussi d'engager les
mannequins. Mademoiselle regardait la candi-
date, jugeait ses proportions, puis rendait son
verdict d'un geste invisible. Un journaliste
demandait à le voir ? Je l'appelais discrètement
par le téléphone intérieur pour qu'elle sorte
l'observer. Si tout allait bien, elle criait à travers
l'escalier :

— Montez, montez : je suis Mlle Chanel !

Mais la plupart du temps le candidat l'enten-
dait dire au téléphone :

— Débrouille-toi avec lui...

Je pouvais, rien qu'en entrant, dire si Mademoiselle était là. C'était quelque chose d'indéfi-
nissable, une présence invisible, un reflet dans

29

les glaces. Le personnel parlait plus bas, les clientes n'avaient plus le même comportement. Chanel était l'auteur de la rue Cambon, et on la devinait, à chaque instant, présente dans son œuvre.

A toute époque le va-et-vient était incessant. On descendait des modèles de l'atelier, on montait les échantillons réclamés par Mademoiselle. Les mannequins présentaient les tailleurs remarqués par les clientes lors du défilé, ou cochés par les étrangères dans leurs magazines. Mme Khrouchtchev eut droit à un défilé particulier – mais c'était l'exception : la plupart des clientes savaient ce qu'elles voulaient. De dix à dix-neuf heures en temps normal, et jusqu'à trois heures du matin en période de collection, personne n'avait de répit.

Chaque jour, vers une heure moins le quart, la standardiste nous prévenait par la ligne intérieure.

– Mademoiselle monte, disait-elle à voix basse, en cachant son combiné...

J'allais accueillir Chanel en bas de l'escalier, elle prenait les nouvelles de la maison et commentait la presse du jour avec moi. Puis je ne lui parlais plus de la journée – excepté pour répondre à ses éventuelles questions...

Car on ne parlait pas à Chanel, on attendait qu'elle vous adresse la parole. En cas d'urgence on s'adressait à M. Tranchant, le directeur. C'était un homme très gentil, très aimé, qui faisait le lien entre Mademoiselle, la quinzaine de chefs d'atelier et les quinze petites mains qui travaillaient dans chaque atelier, comme avec les clientes et les fournisseurs. M. Tranchant fut, pendant deux ans, mon interlocuteur privilégié.

Je souffrais d'être maintenue ainsi à l'écart. Mademoiselle me mettait à l'épreuve, et l'attente était longue. Mon mari gagnant bien sa vie, nous n'avions pas besoin de mon salaire. Et je serais peut-être partie si un jour en fin de matinée, alors que j'étais au premier étage avec une équipe de *Vogue*, elle ne m'avait appelée...

— Qu'est-ce que vous faites ici, à cette heure-là?

— Mademoiselle, je suis en train de travailler avec Henry Clark, le photographe.

— C'est bien? c'est joli?

— Vous pouvez venir voir...

C'est à ce moment-là que, pour la première fois, je compris les exigences de Mademoiselle. Son inspection finie, elle se tourna vers moi :

— Il ne faut pas rester sans manger comme ça... Venez prendre quelque chose au second.

Dans ses appartements, Chanel n'était plus la même personne. Elle se montra drôle, attentive, émouvante. Ma vie, mes goûts, ma famille – tout l'intéressait. Elle se découvrit de nombreux

31

points communs avec moi : la Provence, son pays, Marseille, ma ville. J'eus droit à mille compliments sur mon mari : « quelqu'un d'extraordinaire », lui avait-on dit.

Mademoiselle voulait me séduire : personne n'aurait pu lui résister.

– Mademoiselle, je n'ai pas changé d'avis : j'adorerais travailler auprès de vous !

– Mais pour faire quoi ? Je travaille seule, je n'ai besoin de personne... Il me manque bien une première d'atelier... Vous savez coudre ?

– Non.

– Alors je ne vois pas.

– Disons que j'aurais aimé vous voir travailler.

– Oh ! mais ça vous pouvez, mais de loin, en vous mettant discrètement sur un canapé.

Je commençai quelques jours plus tard, sans abandonner le service de presse. Mon rôle consistait à lui passer des accessoires, des boutons, des camélias, à recevoir les lapidaires et les bottiers. Je restais derrière Marie-Hélène Arnaud, mais l'essentiel était là : j'étais dans le laboratoire de Chanel.

On apprenait beaucoup rien qu'à l'entendre. Elle avait des idées sur tout : la mode, mais aussi la façon de respirer, de courir, de s'alimenter. Il fallait bien manger, mais ne jamais reprendre d'un plat, pour ne pas grossir. Le restaurant était déconseillé, sauf pour le boudin. On devait tirer ses cheveux, et porter un chapeau aussi haut que son visage était long. Il fallait bannir le vin rouge, qui coupe les jambes, faire de l'exercice et fuir les bains de soleil, dont elle avait été une des pionnière autour de 1920...

Chanel était d'une exigence insatiable, et entretenait des rapports passionnels avec son travail. Les premières d'atelier subissaient des scènes terribles – puis, de façon aussi imprévisible, elle se calmait.

– Mais mon petit ce n'est pas si grave, vous savez comment je suis, j'ai besoin de m'exprimer – et puis exprimez-vous aussi, cessez de pleurer, pourquoi pleurez-vous?

Et le chef d'atelier séchait ses larmes...

– Personne ne veut comprendre ce que j'ai à transmettre, disait-elle.

Il y avait bien Marie-Hélène Arnaud : mais son attitude, à force de silence, rejoignait l'incompréhension. En outre elle adorait son père, qu'elle avait fait engager rue Cambon. C'était un lien secret, qui éclata au grand jour, lorsque M. Arnaud dut partir. Marie-Hélène ne put se résoudre à le laisser s'en aller seul. Chanel tenta de la raisonner, mais en vain : Marie-Hélène préféra suivre son père.

Ce départ laissa un vide. Chanel n'avait ni

mari, ni enfant, ni famille — excepté deux petites-nièces qu'elle voyait peu — pour remplacer Marie-Hélène.

Nos rapports, de ce jour, évoluèrent. Elle m'appelait déjà Lilou : elle se mit à me tutoyer. C'était un privilège rare, presque intimidant... Il me donnait plus de place, mais aussi plus d'obligations. Tant qu'elle me vouvoyait, je restais à distance : le « tu » lui donna accès à ma vie privée.

Chanel avait tout de suite apprécié ma façon de porter ses tailleurs : à quelques détails près, j'étais le type de femme qu'elle aimait habiller. Je portais les cheveux très longs — elle me les fit couper. J'aimais le soleil — elle m'emmena voir un film médical sur les ravages des rayons ultra-violets. Mademoiselle ne demandait qu'à me former, et moi qu'à apprendre...

Je sortais beaucoup le soir, et j'étais tenue de m'habiller en Chanel. Je la représentais dans Paris, où elle aimait qu'on lui fasse des compliments sur moi. Elle vivait par procuration mes nuit blanches, mes rencontres, mes expéditions. Je parlais d'elle à *L'Express* et dans les milieux de cinéma, qu'elle découvrait à travers moi tandis qu'elle me faisait déjeuner avec toutes ses amies.

Marlène Dietrich me surprit beaucoup : elle était le contraire de la star immatérielle qu'évoquaient ses photos. Elle parla de maquillage, de recettes de cuisine, de choses très quotidiennes, presque triviales. Chanel lui répondit sur le même ton, comme une vieille copine. En même temps elle me valorisait, expliquait qui j'étais, m'intégrait à leur duo. Marlène se plaignit de la solitude inhérente à la célébrité et Mademoiselle fut fière de montrer qu'elle m'avait près d'elle...

Chanel était un Pygmalion enthousiaste. J'étais mise en avant à l'occasion du moindre article, parfois sans raison.

— Elle fait tant de progrès qu'elle n'aura bientôt plus besoin de rien, disait-elle : elle fera les interviews à ma place.

Elle m'avait appris à recevoir ses clientes, comme les journalistes... Aux unes je donnais un petit cadeau au moment de partir — un sac ou un parfum —, aux autres je répétais un mot gentil de sa part.

— Lilou pense à tout, disait-elle alors.

Je prenais confiance en moi, dans une maison où chacun vivait dans la crainte d'une scène ou d'un licenciement. Les signes ne trompaient pas : je faisais partie de sa vie. A l'issue d'un déjeuner, elle me demanda de lui dire « tu » : mais on ne tutoyait pas Chanel, ce volcan toujours près de se réveiller.

Un rituel s'établit dès le début des années

soixante. Je montais la chercher vers midi au
Ritz, dans les deux petites chambres de « mécanicien » qu'elle occupait. Je la trouvais généralement à sa coiffeuse, se mettant du rose aux joues
pour la mine : c'était le premier geste de sa journée. Puis elle se coiffait et entrait dans son bain,
son chapeau sur la tête. Jeanne, sa femme de
chambre, la séchait ensuite avant de l'aider à
s'habiller. Mademoiselle enfilait une jupe, et
aussitôt se parfumait. Un soutien-gorge et
encore du parfum. Un chemisier, et du parfum.
Le tout faisait beaucoup de parfum, mais Chanel aimait qu'on la remarque durant les centaines de mètres qui séparaient le *Ritz* de la
boutique.

Nous partions rue Cambon vers midi et demi,
en parlant du programe de la journée. Une fois
dans la boutique, la standardiste se cachait pour
prévenir les étages :

— Mademoiselle arrive...

Celui ou celle qui avait une requête se postait
alors sur notre chemin, et m'interrogeait du
regard. J'indiquais son humeur, et le contact se
faisait ou pas...

Puis je gagnais mon bureau pendant que
Mademoiselle s'enfermait au second. A une
heure, les ouvrières montaient déjeuner à la
cantine. Mais Mademoiselle avait rarement faim
si tôt. Elle faisait parfois une visite surprise en

cabine, ou dans le salon d'essayage. Les clientes tendaient le cou pour l'apercevoir derrière leur paravent, les vendeuses retenaient leur souffle – mais elle repartait généralement sans rien dire.

A moins que la cliente ne s'appelle Marlène Dietrich, Katharine Hepburn ou Jackie Kennedy. Chanel insistait alors auprès des premiers d'atelier.

– Vous savez que Madame a un petit défaut là, alors faites attention en montant les épaules.

Dans certains cas, elle dirigeait elle-même l'essayage. C'était un grand privilège, le moindre de ses conseils valant de l'or. Mais Mademoiselle était tatillonne, et certaines clientes préféraient l'éviter. Brigitte Bardot finit même par la quitter pour ne plus subir le supplice de rester debout deux heures sur des talons hauts, pendant que Chanel effectuait ses retouches...

Ce perfectionnisme se retrouvait partout. Chanel exigeait que les magazines publient ses modèles en pleine page, qu'ils choisissent les cover-girls exclusivement parmi ses mannequins, et que celles-ci soient photographiées en pied. Or elle les engageait moins pour leur visage que pour leur façon d'« enlever » les vêtements, lors des défilés.

Elle découvrit un jour que ses filles avaient été coupées à la taille dans un reportage que j'avais supervisé...

Ce fut le drame. Elle descendit à mon bureau pour me lancer le journal au visage en criant :
— Qu'est-ce que c'est que cette cochonnerie? Tu ne sais pas travailler, tu n'es pas professionnelle... Tu te fiches de moi.

J'eus la force de lui répondre :
— Écoutez, je ne peux pas parler dans ces conditions, je m'en vais, je rentre chez moi, nous en reparlerons demain...

Le lendemain, à ma stupéfaction, elle ne me parla ni de la scène, ni même du reportage. C'était dans son caractère : Chanel niait ce qui lui déplaisait. Les choses devaient correspondre à l'image qu'elle s'en faisait, ou disparaître. De même, en descendant l'escalier de la rue Cambon, elle retouchait toujours, avec son bâton de rouge à lèvres, l'expression de son portrait peint par Marion Pike.

Ce goût pour la retouche affectait aussi son passé. Un jour, elle se déclara auvergnate. Je lui rappelai, surprise, qu'elle était provençale à notre premier déjeuner, sans la troubler pour autant.

— Mais tu sais, je n'ai fait que passer en Auvergne avant de rejoindre le Midi. D'ailleurs ça ne change rien : les deux patois sont voisins!

Et elle le prouva aussitôt par quelques exemples.

Les frères Mille me rassurèrent : ces volte-face faisaient partie du personnage. J'appris que Chanel était généralement auvergnate, mais qu'il lui arrivait d'être marseillaise. Je passai donc sur ce mensonge, comme sur sa colère.

Après tout il fallait apprendre à vivre avec la véritable Mademoiselle, accepter sa conception de « l'exactitude », sa façon de dire : « Non, c'est impossible ! » après que j'eus reconnu, dans la petite-nièce avec qui elle me faisait déjeuner, une amie de collège... Le mensonge faisait partie de son charme, au même titre que la brusquerie, et rien ni personne n'aurait pu la changer...

Chanel intime

Chanel était tout sauf sereine. Aux affres du travail succédait ce qu'elle appelait « l'angoisse du soir ». Le soleil couché, la rue Cambon vidée, elle se sentait démunie, presque dépersonnalisée : dans la ruche désormais silencieuse, elle restait seule en compagnie d'un gardien. Son désarroi était si profond, si touchant, que je pris l'habitude de dîner là un ou deux soirs par semaine. Au dernier moment j'allais en cuisine suggérer un menu. Son chef préparait un petit souper, généralement très bon. J'ouvrais les bouteilles, sancerre blanc pour elle, champagne pour moi, « surtout pas de rouge, ça coupe les jambes! »... et le petit voyage commençait.

Le chef absent, ou malade, ses femmes de chambre venaient du *Ritz* nous préparer de simples pommes de terre au four et à la crème fraîche, du fromage blanc et des fruits cuits. On mangeait dans des assiettes anglaises à motif bleu, posées sur des sets de table vieil or. Les plats étaient en argent massif, quatre sortes de pains reposaient dans de très belles coquilles de vermeil. Le tout était raffiné et simple, comme tout ce qui l'entourait. Discrètement posés sur un coin de la table dans le creux d'une petite coupe, quelques clous de girofle : après chaque repas, Mademoiselle en prenait un et le passait sous sa langue. Elle était extrêmement attentive aux odeurs et ne supportait pas l'idée d'une mauvaise haleine.

Ces tête-à-tête étaient très gais. Chanel avait une façon très personnelle de s'exprimer. Elle employait des mots – « mécanicien » pour chauffeur, « réclame » pour publicité – qui me faisaient rire. Elle y mêlait des expressions provençales ou du patois auvergnat. Je n'ai jamais entendu le mot chapeau dans sa bouche : « Donne-moi mon capéou », disait-elle toujours. Elle parlait avec ses mains, à l'italienne. C'était un torrent d'anecdotes, de questions sans réponses, de souvenirs que j'écoutais, crédule – n'ayant aucun moyen de les vérifier.

La médaille avait un envers : Mademoiselle concevait mal que je mange ailleurs que chez elle et, bientôt, que j'aie une autre existence que la sienne. Longtemps elle nia mon mariage, préférant m'imaginer des aventures avec un peu tout le monde. Elle riait de ces inventions, mais refusait d'en démordre.

– Faisons le point, Mademoiselle : il n'y a aucune réalité là-dedans.

– La réalité ne me fait pas rêver, et moi j'aime rêver, répondait Chanel.

Je décidai donc de me taire sur ma vie privée. Mais voilà : j'étais une femme mariée et heureuse, et ce bonheur l'intriguait. Elle en était à la fois jalouse et surprise : quelque chose en moi lui échappait. Sa vengeance passait par des rumeurs, des allusions. Je n'étais plus une aventurière, mais la victime d'un despote m'interdisant la rue Cambon.

– Cette pauvre Lilou, je ne sais ce qui se passe en ce moment, disait-elle à Chazot, mais elle est faite pour vivre avec un mari comme moi pour tenir un bistrot.

J'en parlai à quelques amis. Françoise Sagan me conseilla de quitter Chanel si elle devenait trop possessive : Mademoiselle l'apprit, et détesta Sagan. D'autres me poussèrent au compromis. Chanel était très sollicitée, mais ne se rendait plus guère que chez Pierre Lazareff, le patron de *France-Soir*, ou chez les Mille. Je décidai alors, pour varier nos tête-à-tête, d'organiser des dîners rue Cambon. J'invitais ses amis : les Lazareff, Francine Weisweller, l'amie

45

de Cocteau, Diana Vreeland, la grande dame de
la mode new-yorkaise, ou Michel Déon, qu'elle
aimait beaucoup. Elle parlait tout le temps,
s'amusait beaucoup, se fatiguait beaucoup aussi.
Elle voulait impressionner, distraire, dominer.
Elle accusait Serge Lifar de mal mener sa carrière, sans le laisser répondre.

– Tu es trop bête, tu m'agaces, allez danse,
danse, danse pour Lilou, parce que quand tu
danses, on oublie tout.

Lifar faisait trois jetés, sans musique, et Chanel applaudissait...

Ou c'était Dali, avec qui elle avait eu une
petite liaison avant-guerre, « uniquement pour
embêter Gala » selon elle. Il venait lui montrer
quelques dessins, ses dernières toiles.

– Franchement, tu peux les garder pour toi.

– Comment?

– Non! Ça ne vaut rien.

– Mais tu es la seule à me dire des choses
pareilles!

– Bien sûr que je suis la seule...

Et ils riaient. Mademoiselle l'invitait toujours
sans Gala, à l'heure du thé. Elle lui demandait
de « laisser sa folie au vestiaire », et il obéissait.
En vérité il craignait Mademoiselle, et il me
semblait antipathique dès qu'il n'était plus
drôle. Dali, l'auteur du seul tableau – un épi de
blé – accroché rue Cambon...

Mais Chanel voulait aussi des gens neufs. Je lui amenai Servan-Schreiber, qui vint avec Françoise Giroud, déjà cliente de la maison. Beaucoup d'acteurs déjeunèrent rue Cambon, de Brigitte Bardot à Robert Hossein, de Vadim à Marlon Brando. Mademoiselle adora César, courut entendre Sylvie Vartan à l'Olympia, s'assit sur une marche du même music-hall pour Johnny Hallyday, et s'envola voir les Beatles à Londres.

Mais elle réclamait toujours plus de tête-à-tête. Je résistais. J'avais un mari! Elle proposa, pour me retenir, de l'inviter de temps à autre. En général, tout se passait bien. Chanel n'avait que des compliments à faire à Philippe – une forte personnalité lui aussi. Mais je profitais de sa présence pour la quitter plus tôt, et cette idée lui déplaisait. Son agressivité ressortait, malgré la retenue de Philippe. Elle revenait à la charge, et obtenait ce qu'elle cherchait : la brouille. Deux semaines plus tard elle l'appelait d'une voix irrésistible :

– Mon cher Philippe, je serais tellement heureuse si vous nous emmeniez manger du boudin quelque part...

Ce jour-là Philippe réserva un salon particulier au premier étage de chez Calvet. Mademoiselle était au mieux, détendue, attentive. Philippe parlait de tout, sauf de littérature,

quand tout à coup Chanel se mit à dire des hor-
reurs sur Françoise Sagan.

– Mais c'est très désobligeant de critiquer
quelqu'un que nous aimons, Lilou et moi, lui dit
Philippe.

– Eh bien, mon cher, puisque vous ne sup-
portez rien, il faut que je m'en aille!

Elle se leva, prit sa pelisse de zibeline, la
bouche déformée par la fureur, et devant notre
absence de réaction se précipita vers la sortie.

– Où est mon mécanicien? cria-t-elle dans
l'escalier, avant de heurter la porte vitrée.

On entendit un bruit mat, son chapeau roula
à terre. Elle l'arracha des mains du maître
d'hôtel, puis elle se retourna pour me lancer,
théâtrale :

– Alors, tu viens?

– Mais, Mademoiselle, ma vie est avec Philippe...

Je proposai en bafouillant de la raccompagner à sa voiture, elle-même semblait avoir du
mal à bouger, comme dans les films au ralenti.
Puis elle finit par sortir en claquant la porte,
devant l'assistance médusée.

Jamais elle n'évoqua cette soirée : l'incident
avait été rayé de sa mémoire. Elle tenta bien de
me faire parler du caractère « difficile » de Philippe, mais je lui demandai fermement de res-
pecter ma vie privée. Trois jours plus tard elle

louait l'intelligence de mon mari devant Hervé Mille. C'était une façon de se faire pardonner.

Mademoiselle était tenace. Elle tournait autour de son rival comme l'animal autour de sa proie. C'était le soir, je me préparais à quitter la rue Cambon, épuisée... Sa voix tombait du second étage :

— Tu vois comme tu es : parce qu'il est un homme, tu cours le retrouver!

Je sortais blessée, presque en larmes. Le lendemain elle m'accueillait en souriant, mais son sourire ne m'atteignait plus.

Chanel, dans ces cas-là, savait très bien vous récupérer. Elle seule existait, et le besoin qu'elle avait de vous. Sa volonté agissait comme un aimant, la personne la plus hostile cédait au bout de vingt minutes, un déjeuner maximum — le directeur de la société, M. Wertheimer, finissait lui-même par se rendre :

— Allez, Coco, vous avez encore gagné.

Ici c'était un geste affectueux, ou un compliment attendrissant. J'étais la femme la plus heureuse qu'elle ait connue, la seule qu'elle ait enviée... Elle redoublait d'attention au sujet de mon mari, si souvent attaqué... Je trouvai idiot de perdre mon temps à lui faire la tête, et lui pardonnai.

Chanel était compliquée. A tous ses défauts correspondait une qualité, dont l'attention aux autres. Elle me savait vulnérable et me prenait par l'épaule pour me dire de rentrer. Je ne sais pas si elle était encore capable d'aimer quelqu'un – c'est-à-dire de l'aimer pour lui, et pas seulement pour elle. Mais, dans la mesure du possible, je crois qu'elle m'aimait bien.

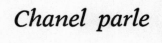

Chanel parle

Au travail, à table, au lit, à pied ou en voiture, rue Cambon ou ailleurs, Mademoiselle parlait. Le phénomène était presque météorologique : elle charriait les mots, comme les nuages la grêle. Elle parlait sans s'arrêter, sans même respirer, prolongeant les déjeuners jusqu'à cinq heures et les dîners jusqu'à l'aube...

J'ai souvent cherché les raisons de cette profusion. Chanel, évidemment, avait beaucoup à dire. Mais je crois qu'elle redoutait aussi le silence. Elle avait été timide, et le trahissait encore face aux inconnus : elle se jetait à l'eau, comme la toute première fois. Elle avait pris la parole, et sa façon de faire, personnelle et tranchante, montrait bien qu'elle ne la rendrait plus.

Dans sa position elle pouvait tout dire, et même le contraire de ce qu'elle pensait. Elle n'attendait plus rien des autres – ni reconnaissance, ni argent – sinon qu'on l'écoutât, et le plus longtemps possible. On pouvait toujours l'interrompre. Mais comment s'immiscer dans ce flot incessant? Et comment ignorer cette main qui balayait l'air à la moindre interruption? Et cette voix rauque que certains, au téléphone, prenaient pour une voix d'homme?

La conversation ressemblait à une lutte d'influence. Parler, c'était faire entrer l'interlocuteur dans son monde, le rendre complice de son personnage. Le repas fini, elle vous rattrapait toujours sur son palier : les départs étaient pour elle des arrachements.

Mademoiselle parlait. C'était un tel besoin qu'il lui est arrivé de raconter à Hélène Lazareff une histoire vécue avec un homme qui était, de façon transparente, Pierre Lazareff. Elle s'en aperçut et enchaîna aussitôt :

– C'est un peu l'histoire qui m'est arrivée avec Pierre, votre mari...

Ces gaffes étaient fréquentes, mais peut-être pas si involontaires. Chanel, à sa façon, aimait mettre les pieds dans le plat.

– C'est un peu comme l'année dernière, quand cet idiot m'a demandé... – et l'idiot était en face d'elle.

Je lui en fis la remarque, elle s'étonna.

– Ah, c'était lui? Eh bien, il saura ce que je pense...

54

Ou c'étaient des allusions, des piqûres d'épingle. Pour agacer mon mari, elle s'amusait à répéter dans la conversation :

– Vous savez, Philippe, il ne faut pas écouter ce qu'on dit. Je ne suis pas du tout antisémite. J'aime beaucoup les juifs – d'ailleurs tous mes amis le sont.

La provocation était évidente, mais Philippe laissait faire. Mademoiselle riant indirectement d'elle-même, protester aurait semblé lourd...

Mademoiselle parlait. Son sourire devenait magnifique, ses mains s'emballaient. A table elle repliait sa serviette, ou tripotait un couteau. Dans son salon, elle prenait sa grenouille de jade, le temps d'un commentaire. Au lit, elle caressait le lin de ses draps ou l'étoffe de sa couverture. Elle parlait, et ses mains semblaient faire l'inventaire de ses possessions – jusqu'aux perles de son collier.

Je renouvelai son public. J'invitai Jean Cau, l'ancien secrétaire de Sartre. Elle n'avait probablement rien lu de lui, mais l'essentiel était qu'il parle avec enthousiasme de son travail, ou qu'il l'écoute de la même façon. Je me souviendrai toujours de ce déjeuner : Jean Cau semblait sous hypnose. Il tartina son pain de purée, et mangea toute son assiette les yeux fixés à ceux de Mademoiselle.

– Il est merveilleux, me dit-elle simplement après son départ...

Elle était si accaparante que je finis par la faire déjeuner avec tous mes amis : c'était la dernière façon de les voir. Elle rencontra Vadim et Robert Hossein, qui lui plut beaucoup, puis ma sœur Nadine, qu'elle voulut engager comme mannequin. Théoriquement, elle aimait écouter. Dans les faits elle se lassait vite, même des gens passionnés.

– Pourtant vous devriez les comprendre!

– Qu'est-ce que tu veux dire? Que je suis fatigante?

C'était le mot à ne pas prononcer.

Tout en parlant, Mademoiselle vous fixait avec ce regard de « taureau noir » dont parle Colette. Elle détaillait tout – les gens, les appartements, les enfants, la nature. On se sentait passé aux rayons X, sans défense, transparent. Cent fois elle s'est interrompue pour me dire :

– Bon, j'arrête, dis-moi ce que tu as à me dire : tu n'attends que ça depuis un quart d'heure.

C'était comme un sixième sens. Était-on anxieux, distrait ou malade, elle savait pourquoi. Un ami me recommande un garçon pour la boutique? Elle devine qu'il vient recueillir des potins sur elle. On parle dans son dos, on se moque à son propos? Elle en est mystérieusement avertie.

Il lui arrivait, après le déjeuner, de s'assoupir.

Dix minutes plus tard elle était déjà sur le qui-
vive.

– Est-ce que j'ai dormi longtemps? Qu'est-ce
qui s'est passé depuis?

Rien ne devait lui échapper, et surtout pas
son attitude. L'information lui était indispen-
sable, au même titre que les miroirs de l'escalier, par elle, Chanel lisait dans chacun.

Cette prescience avait ses bons côtés. Il suffisait que je paraisse mélancolique pour qu'elle
me harcèle de questions. Je pensais cette fois à
une de mes sœurs, à sa maladie, aux soins à
engager. Elle convoqua aussitôt son homme
d'affaires, qui expédia ma sœur en Suisse, dans
un hôtel merveilleux, où elle put s'offrir tout ce
qui lui plaisait. Ma sœur guérit, sans que Mademoiselle ait demandé plus de trois fois de ses
nouvelles, ni accepté le moindre remercie-
ment...

En m'enlevant mes soucis, Chanel me ramenait à mon travail. Mais rien ne l'obligeait à être
aussi généreuse, ni si attentive. C'est qu'elle per-
cevait avec une acuité exceptionnelle les indivi-
dus, les événements, les atmosphères. Tous ses
sens étaient constamment en éveil; elle pré-
voyait les orages, devinait les catastrophes –
« comme les sorcières », disaient certains...

Mademoiselle était ce qu'on appelle un
« nez ». Elle pouvait, rien qu'à l'odeur d'un plat,

57

deviner sa composition. Après avoir choisi le
mélange qui devint le n° 5 parmi les échantillons de son chimiste russe, elle fixa elle-même
la composition du n° 1, un parfum à son usage
exclusif qui embaumait le meuble Boulle de sa
chambre-bureau. C'est à elle, ne l'oublions pas,
que les femmes doivent d'être sorties des
simples essences de rose ou de jasmin.

Quant à son sens des couleurs, il éclata chez
le duc de Westminster qui était ce jour-là à la
chasse. Les mains de Chanel la démangeaient ;
elle était inactive. Elle découvrit dans les serres
du château d'immenses parterres de fleurs
rares, qu'un vieux jardinier gardait comme des
pièces de musée. Elle arracha des centaines
d'orchidées couleur d'automne, qu'elle disposa
admirablement sur l'immense table à manger.
D'abord horrifié, le duc eut le bon goût
d'applaudir cet arrangement sacrilège, en sup-
pliant Coco de ne jamais recommencer...

On pourrait en dire autant de son ouïe ou de
son toucher... mais j'aurais peur de l'idéaliser.
Mademoiselle ne savait pas tout faire. Mais tout
ce qu'elle touchait devenait beau et, par une
logique aussi mystérieuse, faisait de l'or...

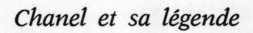

Chanel et sa légende

Chanel détestait le mensonge. Elle le soup-
çonnait partout, comme les mystiques, ou les
enquêteurs. Pis : elle en venait à croire systéma-
tiquement le contraire de ce qu'on lui disait. Les
frères Kessel l'invitaient à fêter la Pâque russe ?
Elle me glissait à l'oreille, indignée : « Et en
plus ils se croient russes ! » Rien, pas même le
livret de famille des Kessel, n'aurait pu la faire
revenir sur ses préventions, et détruire *sa* vérité.
Cette exigence ne l'empêchait pas de mentir
beaucoup. C'était un don, qu'elle exerçait avec
un aplomb inébranlable, et une réelle imagination. Un ami l'appelait pour l'emmener au
théâtre, comme prévu :
— Mais je ne peux pas !
— Comment vous ne pouvez pas ?
— Je suis retenue par des amis à dîner.

61

– Quels amis?

– Les amis chez qui je suis, justement...

– Enfin, Coco, je vous appelle chez vous!

Mais elle pouvait prétendre ne pas être Chanel pour échapper au rendez-vous. Elle persistait à mentir, l'interlocuteur se mettait à douter, au point parfois de me demander mon avis...

Mademoiselle mentait aussi à l'imparfait, en général après le dîner. Elle avait un peu bu, je la sentais en veine de confidences. Sa mère, selon elle, était morte en couches en laissant trois filles. Son père les avait alors confiées à des tantes habitant l'Auvergne, où il était resté vingt-quatre heures, en promettant de revenir une fois fortune faite. Mais après avoir écrit deux lettres, il n'avait jamais redonné signe de vie.

Pourtant tout cela était confus, et changeant. Tantôt elle en voulait à son père de les avoir abandonnées à des tantes horribles, tantôt elle rêvait de rejoindre ce personnage extraordinaire, beau, brun et fort. Généralement il était mort, comme l'âge de Chanel le suggérait. Mais elle le donnait parfois en vie. Un jour il était homme d'affaires, le lendemain camelot. Enfin il était tout sauf quelqu'un d'indifférent.

Le souvenir pouvait naître aussi par hasard. Une promenade en forêt lui rappelait l'odeur de l'Auvergne, la chute des feuilles en automne, la maison de ses tantes. Sans être riches, celles-ci possédaient une grande ferme, où travaillaient des journalières. Chanel revoyait leurs tenues strictes, comme son tablier noir et son col blanc d'écolière. C'était le soir, elle rentrait avec de mauvais résultats, ses tantes la traitaient d'idiote. Elle simulait des maux de ventre pour se réfugier, seule et incomprise, au grenier. Là elle lisait pendant des nuits entières des romans à quatre sous, rêvant d'histoires d'amour, de destin hors du commun, très loin de l'Auvergne.

— J'inventais ma vie parce que ma vie ne me plaisait pas, me disait-elle.

J'ignorais encore qu'elle avait grandi dans un orphelinat, et que si ses tantes existaient l'une avait son âge. Mais des doutes planaient déjà sur ses récits.

— A quel moment vous êtes-vous inventée, Mademoiselle?

— Tout le temps.

— Mais en racontant ceci, ou cela, vous inventez?

— Non, non, c'est la réalité, cela... Ah, mais pourquoi me poses-tu des questions pareilles, je ne sais plus, moi...

Chanel, en effet, ne savait plus très bien. Elle avait commencé très tôt à mentir, et ces mensonges avaient vieilli avec elle, jusqu'à devenir sa vérité. Chaque événement comportait plusieurs versions — et ces récits s'entrechoquaient.

— Mais ça, Mademoiselle, c'est votre légende!

— Comment le sais-tu?

— Mais vous m'avez raconté l'autre jour que...

— Je t'ai raconté ça?

— Mais oui...

— Et tu l'as redit à quelqu'un?

— A qui voulez-vous que j'en parle?

— Parce que tu sais, je me confie à toi, je suis si malheureuse que je te raconte certaines choses, mais il ne faut pas tout croire...

Chanel regrettait déjà ses aveux — mais comment rattraper ce qu'elle avait oublié?

C'est pourquoi elle fuyait les tête-à-tête. Elle avait peur d'en dire trop, d'être devinée ou pénétrée. Il fallait montrer patte blanche pour entrer dans son univers — et encore! Je ne crois lui avoir posé que cinq ou six fois des questions personnelles.

— Finalement vous n'aimez pas qu'on vous fasse ce que vous faites aux autres...

— Tu as raison, et j'aime les Anglais pour cela : ils ne te demandent ni ton âge, ni ce que tu as mangé à midi.

La vérité — si vérité il y avait — ne pouvait venir que d'elle. On devait oublier la précédente version, et croire la nouvelle. J'assistais fascinée à cette transformation du faux en vrai — comme je la voyais faire de vrais bijoux avec de fausses pierres. Pour qui aime les mensonges, Mademoiselle était un modèle : elle chanelisait tout, des vêtements aux souvenirs.

Avec le temps elle apprit à déjouer les enquêtes. En expédiant la personne soupçonnée d'écrire sa biographie, ou en piégeant le journaliste trop curieux.

— Comme je suis maligne, je vais lui raconter ce qui lui fera plaisir.

Elle se décrivait traversant la France à cheval à la suite de son premier protecteur, Étienne Balsan. La vraisemblance n'avait pas d'importance : l'essentiel était d'ajouter de nouveaux épisodes au personnage inventé dans le grenier de ses tantes.

Mais la part la plus exigeante d'elle-même se révoltait parfois contre ce tissu de mensonges.

— Ils ne me connaissent pas, c'est horrible, disait-elle au sortir d'une interview, on a parlé de quelqu'un d'autre!

Un fantôme nommé Chanel hantait sa vie, en grande partie par sa faute, sans qu'elle puisse le chasser. Car elle n'aimait pas être surprise dans ses zones d'ombre. Elle tenait à son personnage, comme à sa réputation de couturière comblée.

— Le malheur on le crée, et je ne fabrique que du bonheur! disait-elle.

A croire qu'elle se connaissait aussi mal que les journalistes...

Chanel s'était haïe enfant. Elle se trouvait

laide, et comme poursuivie par le sort. Avec l'âge elle était devenue fière de son parcours, malgré quelques remords. Elle me raconta que sa sœur avait été très amoureuse d'un officier de garnison, à Clermont-Ferrand, qui l'avait aussitôt abandonnée. Devant son désespoir, Coco avait voulu voir l'officier. Ils s'étaient promenés tout une après-midi, et elle en était aussi tombée amoureuse. La sœur finit par l'apprendre et se suicida. Tout cela était peut-être arrangé, mais le ton de Mademoiselle était bouleversant. Elle semblait soulagée d'avoir partagé ce secret, et ajouta juste :

— Tu sais, je t'aime beaucoup.

Mais comment savoir? Chanel avait un don extraordinaire, elle pouvait être face aux autres ce qu'elle voulait : exquise ou odieuse, auvergnate ou provençale, et parfois les deux. Je l'ai vue s'inventer de faux souvenirs pour le plaisir d'impressionner, et une opinion pour celui de contredire. Elle aimait les gens crédules, mais elle était parfois sa première victime.

Pendant un an environ elle chercha quelqu'un pour écrire ses Mémoires. Elle aurait préféré un écrivain américain, pour l'accueil que lui avaient réservé les États-Unis. Mais elle n'en trouva pas. Elle se tourna alors vers Hervé Mille, puis vers Michel Déon, Marcel Haedrich, et même mon mari. Mais laisser quelqu'un la décrire, c'était perdre le contrôle sur elle et son image...

Chanel respectait la littérature. Elle-même savait tout juste écrire – elle traçait des lettres d'enfant – et dicter des mensonges la gênait. A chaque fois donc le projet fut abandonné. Elle chargea même son avocat d'interdire tout livre sur elle, y compris après sa mort. A son grand regret, cette dernière clause fut jugée irrecevable.

Ces hésitations cachaient peut-être l'essentiel : Mademoiselle avait eu plusieurs vies. Tour à tour orpheline, chanteuse et couturière, elle avait souvent changé de milieu. A chaque étape correspondaient une Chanel et une vérité : comment ne s'y serait-elle pas perdue?

Chanel, parfois, préférait tout oublier. Il suffisait d'un rayon de soleil pour qu'elle m'entraîne dehors, bras dessus, bras dessous, pour faire du lèche-vitrines.

– Regarde ces emmanchures! Tu vois, si une femme portait ça, elle aurait l'air d'une « pauvresse ».

Elle remarquait un objet chez un antiquaire, entrait innocemment.

– Mademoiselle Chanel, quel honneur!...

– Comment savez-vous qui je suis?

Était-elle surprise d'être si populaire? Oubliait-elle qui elle était en dehors de la rue Cambon? Les deux sans doute.

– Je sais, j'ai payé trop cher, on m'a prise pour une touriste...

Il y avait peut-être de la coquetterie dans tout cela. Mais je crois que Chanel aimait s'imaginer, par moments, anonyme et redevenir la petite fille jouant dans le grenier de ses tantes...

Je me souviendrai toujours être venue la chercher, au *Ritz*, pour dîner. Je la trouvai non loin de sa chambre, dans la salle de jeux de M. Ritz, à quatre pattes devant un train électrique flambant neuf, riant aux éclats avec son partenaire, tout heureuse d'inaugurer des ponts, des viaducs et des obstacles miniatures...

Quelque chose d'enfantin présidait à toutes ses qualités, comme à ses défauts. C'était un don communicatif : elle arrivait à rendre drôle ce qui était sérieux, et grave ce qui ne l'était pas. Le monde avec elle changeait d'aspect. C'est aussi pourquoi je suis restée si longtemps rue Cambon...

La collection

De 1955 à 1971, j'ai vécu près de trente collections. C'était, d'octobre à janvier et d'avril à juillet, des périodes survoltées, à la démesure de Mademoiselle. Le monde se réduisait aux quatre étages de la rue Cambon, avec ses mètres de tissus et de galons, ses milliers de boutons et d'accessoires. Chanel arrivait plus tôt, entre dix et onze heures, vêtue d'un petit tailleur strict, d'une chemise en soie et d'un sous-vêtement de laine – elle trouvait « sain » de transpirer. Elle montait au studio, son chapeau sur la tête pour se protéger des spots, et se jetait dans la mêlée.

Rien n'était fixé d'avance : Chanel ne supportait ni les patrons, ni les toiles. Elle ne savait pas dessiner, et encore moins coudre. « Pas même un bouton », précisait-elle. Mais une fois les ciseaux en main, personne n'était plus habile, malgré l'arthrite qui commençait à déformer ses doigts. Elle s'attaquait aux rouleaux de soie ou de tweed pour ébaucher ses premiers tailleurs. C'était fait sans hésitation, comme un virtuose improvisant.

Chanel n'aimant pas les mannequins de bois, une seule fille servait de support à toute la collection. Ce pouvait être Marie-Hélène Arnaud, Sylvia ou moi-même. Mais la référence restait son propre corps. Il était mince, bien charpenté, avec des hanches de garçon.

— Regardez comme c'est ferme! disait-elle en levant la jupe.

Chanel était son premier mannequin, et toute sa mode s'en ressentait.

Elle pouvait encore, à plus de soixante-quinze ans, poser les mains au sol sans plier les genoux. Elle concevait donc des vêtements adaptés à la vie pratique, capables d'accompagner le corps en le valorisant. Ses mannequins avaient des consignes strictes :

— Ne vous laissez pas aller : pratiquez la danse, les arts martiaux, la marche à pied; mangez peu, mangez beaucoup, mais soyez sveltes. Gardez le bassin en avant, rentrez légèrement les épaules...

Le corps et le vêtement ne devaient faire qu'un.

Elle avait noté que les muscles du dos bougeaient indépendamment de ceux de la poitrine. La plupart des vestes, dont celles des présentateurs de la télévision, remontaient ainsi : en plissant au niveau du cou. Les va-et-vient des G.I's en gare de New York l'avaient mise sur la voie : malgré le poids des baluchons, leurs tee-shirts restaient moulants grâce aux triangles de tissu qui partaient de l'aisselle. Depuis, une bande était ajoutée à l'emmanchure de ses tailleurs pour séparer le devant du dos.

Mademoiselle mettait en place ce qu'elle appelait ses costumes au studio. Une fois bâtis, ils étaient descendus au salon, où les filles de cabine attendaient sur un canapé, blouse blanche et genoux repliés, leur arrivée. C'étaient pour la plupart des jeunes femmes du monde, toutes très belles, avec leurs personnalités. Chanel demandait à ses mannequins de la docilité, mais aussi de la personnalité. Sa référence était Odile de Croy, une authentique princesse parlant l'argot. A l'aise dans son château comme dans les bars, d'un esprit et d'une élégance étourdissante, elle était la quintessence de la Parisienne, telle que Lubitsch et Guitry l'avaient rêvée.

Claude de Leusse paraissait, en comparaison, plus adolescente... Elle était belle, sans futilité ni arrogance. Elle adorait rire, mais cachait une gravité qu'on devinait impressionnante. Quant à

Mimi d'Arcangues elle était la gitane de Mademoiselle. Elle aimait danser des nuits entières puis, sans transition, elle allait rejoindre la rue Cambon. Chanel détestait les retards, mais Mimi s'en sortait toujours par une pirouette. Elle avait mené, depuis l'enfance, la vie d'un oiseau des îles. Après avoir parcouru le monde à la suite de son père, un diplomate, elle s'était posée rue Cambon. Mais on la devinait prête à repartir s'il le fallait. Et quand elle pleurait, cela semblait si insupportable qu'on se mettait en quatre pour l'entendre à nouveau rire... Il y avait aussi Betty Saint, Vera Valdez, qui ressemblait beaucoup à Chanel... Elles s'arrachaient les modèles pour avoir le privilège de les porter. Au défilé, chaque tailleur, chaque robe prenait chair, s'individualisait, commençait à vivre : c'était le moment préféré de Mademoiselle. Elle tournait autour du modèle, l'œil perçant, la bouche pleine d'épingles. Sa main palpait l'étoffe en décrétant ce qu'il fallait reprendre, ou détruire.

– Il y a trop de tissu, trop de fourbi dans ce vêtement... Enlevez-moi ces chichis, simplifiez, dégagez le cou, desserrez la taille... Une jupe doit se placer sur l'os de la hanche – allongez le buste, donnez du dos, libérez le geste : il faut pouvoir mettre un mouchoir, un briquet ou des bouts de papier dans les poches, prendre une adresse ou un téléphone... Rien d'inutile, tout a une fonction, pas de bouton sans boutonnière.

Et elle continuait de défaire, bercée par le va-et-vient de ses phrases.

A ce stade, le costume subissait trois tests décisifs. Les mannequins montaient sur le podium pour se plier en deux, marcher, puis sauter sur la plate-forme d'un bus imaginaire. Les gestes devaient être naturels et gracieux, le tissu solidaire.

— Maintenant essaye de te glisser dans une voiture basse.

Le mannequin mimait la scène, chacun retenait son souffle, le verdict tombait.

— Figure-toi, ma petite, que ta robe n'a pas suivi... Viens ici.

Ses mains couraient le long du corps, comme celles d'un sculpteur aveugle. Les ciseaux tranchaient dans le vif, dans un bruit déchirant. Puis le tout repartait aux ateliers avec les dernières consignes de Mademoiselle...

Mais un problème de coordination se posait toujours. Il aurait fallu que les petites mains entendent son monologue pour saisir ses raisons. Or Mademoiselle acceptait très peu de monde autour d'elle. D'où des scènes injustes, parfois cruelles. Chanel pouvait faire pleurer un chef d'atelier pour un détail. Elle le regrettait ensuite, mais elle se voyait entourée d'idiots, ou de fainéants, incapables de réaliser le costume qu'elle avait en tête, et le besoin la prenait de faire pleurer quelqu'un. Elle avait raison et tort à la fois : ses ateliers avaient reçu une formation classique et ils résistaient, pas toujours inconsciemment, à ses méthodes d'autodidacte et à ses critères très personnels...

Chanel pouvait rester debout neuf heures d'affilée, sans manger, sans boire, sans aller aux toilettes. Dominée par son exigence, ayant besoin de ne plus vivre normalement, elle passait les heures en monologues, en reprises, en cris. Rien, ni personne, ne pouvait l'arracher à son travail : le duc de Westminster lui-même, à l'époque de leur liaison, arpentait la rue Cambon en attendant qu'elle ait fini sa robe ou son tailleur...

En fin d'après-midi, un premier contingent d'ouvrières descendait le grand escalier.

– Mais elles s'en vont, elles s'en vont, criait Chanel.

– Oui, c'est la première fournée.

– Il en reste assez pour continuer ?

– Mais oui, ne vous inquiétez pas.

A huit heures, puis à dix heures, le reste partait.

– Mais pourquoi s'en vont-elles, il faut leur demander de rester !

Le directeur décidait de sacrifier sa nuit, bien

qu'il ne soit d'aucune utilité; et Chanel reprenait avec l'illusion d'être entourée.

Mademoiselle corrigeait toujours dans le même sens, à peu de chose près. Elle n'avait qu'un tailleur en tête, qu'elle réinventait été comme hiver. La surprise venait d'un accessoire, d'une taille plus appuyée, d'une matière pauvre comme le jersey, qui nécessitait des heures de travail. Ou bien elle retournait l'étoffe, comme elle retournait ses manches, ses bottes, jusqu'à faire des doublures plus luxueuses que le tissu. Romy Schneider l'apprit à ses dépens : le superbe vison que venait de lui offrir Visconti fut changé sous ses yeux en une pelisse en gabardine...

Souvent, à trois heures du matin, nous étions encore au milieu des mannequins et des premiers à nous battre avec une épaule, une fente ou un dos. Mademoiselle n'avait toujours pas quitté son chapeau, je continuais de l'alimenter en épingles, nous ressemblions à des possédées.

– Allez, allez vous reposer, on reprendra dans quelques heures, disait-elle en tapotant la tête d'un mannequin et en lançant un sourire à Jean, à Yvonne ou à Manon, ses trois premiers d'atelier préférés. Et chacun rentrait dormir jusqu'au lendemain...

Mais le sommeil de Chanel, en période de collection, n'était qu'une forme de veille. Le matin, je trouvais parfois des ébauches de vestes ou de robes suspendues aux fenêtres du *Ritz*. Comme une somnabule, elle avait pris dans les pièces voisines des dessus-de-lit ou des rideaux pour retravailler ses modèles. Puis elle s'était endormie sur son lit de cuivre, où je la découvrais, la mine d'un enfant en plein cauchemar. Je prenais son pouls pour la réveiller – mais il battait déjà comme une pile. J'allais l'excuser auprès d'éventuels voisins, et nous repartions rue Cambon appliquer ses trouvailles de la nuit.

Alors commençaient les finitions. La poitrine, les hanches étaient généralement effacées – mais ce qui manquait en rondeur était gagné en souplesse. Ses mains, tordues comme des racines, plaquaient des poches aux quatre coins de la veste. S'y ajoutaient les boutons, les galons et les chaînes, qu'on faisait courir à l'intérieur de la veste pour en assuré le « tombé », à la place du plomb habituel. Il ne restait qu'à conclure avec les broches, les colliers et les fleurs – à moins que les retouches de la veille n'aient tout déséquilibré, ou qu'elle-même n'ait changé d'avis.

– Mais enfin ce n'est pas possible, c'est aberrant, il faut tout refaire...

Mademoiselle pouvait reprendre ainsi jusqu'à quarante fois un modèle, et elle présentait environ quatre-vingts modèles par collection. Cette menace devenait insoutenable les heures précédant le défilé. On risquait, jusqu'au dernier moment, de la voir poser ses ciseaux et donner le signal d'arrêt au directeur, M. Tranchant. Il fallait tout repousser, prévenir in extremis la presse et les acheteurs.

A l'aube du jour J, je la ramenais vers trois-quatre heures du matin au *Ritz*. Elle enlevait son chapeau, son tailleur et sa chemise de laine. Mais en se déshabillant elle perdait toute sa force. Une fois couché le lutteur gisait sous ses draps, le corps recroquevillé par la peur.

– Bon, va dormir, ça va aller...

J'attendais que la piqûre fasse son effet, et je la quittais...

Six heures plus tard elle était déjà debout, habillée et chapeautée, à m'attendre dans cette même chambre. Nous partions rue Cambon mettre au point les derniers détails. Le défilé commençait, dans une atmosphère recueillie. Les flashes étant interdits, pour ne pas éblouir les mannequins, la plupart des journalistes prenaient des croquis. Les modèles n'étaient pas annoncés, contrairement à l'usage : Mademoiselle détestait ce qu'elle appelait « la poésie couturière ». Les filles avançaient un simple numéro en main – le 13 excepté.

Accroupie dans l'escalier, elle suivait d'un œil d'aigle les passages. La main agrippée à la rampe, elle jugeait son travail objectivement, devinant les succès, repérant les défauts, pendant que je notais ses remarques, assise une marche plus bas. J'ai vu des mannequins glisser sur le podium, entendu des fous rires partir des cabines, mais jamais Chanel n'a bronché.

Le dernier modèle passé, les photographes entraient en scène. Mademoiselle, souveraine, recevait pendant ce temps l'hommage des spectateurs... Le public parti, la maison recommençait à vivre. Chanel décidait de fêter la collection en sablant le champagne. C'était un mélange d'accolades, de rires et de bruits de bouchons. Elle allait vers chacun avec un compliment, la conversation revenait au défilé, on se retrouvait à travailler sans même s'en rendre compte. Les mannequins repassaient les modèles que j'avais notés, les habilleuses entraient en action, par la seule force de sa volonté...

Parfois, quand la présentation de la première était terminée, nous partions danser avec mon mari et des amis. A l'aube, j'allais prendre un petit déjeûner près de chez Castel, épuisée mais heureuse. Ma vie était tellement à part que je n'en ressentais même plus les contraintes...

Les vacances

Chanel n'aimait pas le caractère éphémère de la mode. Le lendemain du défilé, elle me confiait devant les modèles alignés :

— Tu vois, cette collection est déjà démodée pour moi.

C'était dit sur un ton mélancolique, comme sa fameuse phrase : « La mode crée du beau qui deviendra laid, l'art du laid qui deviendra beau. » Subissant le contrecoup de ses efforts, elle ajoutait, en guise de morale :

— C'est la dernière, je n'en refais plus, je pars vivre ailleurs.

On l'emmenait déjeuner avec François Miron-net, qui s'occupait des bijoux. J'essayais de la raisonner, il lui suggérait de déléguer son travail.

83

– Vous m'aurez toute la journée sur le dos, et vous crierez grâce avant une semaine.

– Au secours, m'écriais-je, si vous arrêtez, je pars.

– Vous voyez, disait-elle à François, Lilou me connaît bien.

Deux jours plus tard nous montions dans sa Cadillac, direction l'Italie ou la Suisse. François s'asseyait à côté de Gianni, le chauffeur, pendant que je m'installais avec Mademoiselle derrière, les vitres grandes ouvertes. Protégée par ses lunettes de soleil, un foulard de soie sur la tête, Chanel chantait des airs d'opéra, des chansons d'Yvonne Printemps, tout un répertoire qu'elle avait rodé dans les beuglants de Moulins, avant la Première Guerre mondiale. Sa voix, si tranchante dans le travail, devenait presque angélique. Joyeuse, facile à vivre, jugeant tout merveilleux – la nature, la rue, les musées –, Mademoiselle effaçait en quelques heures la fatigue des dernières journées.

Une fois dans sa maison de Lausanne, tout changeait. Nous lisions côte à côte sur des canapés, passant des après-midi entières sans rien dire. Elle se relevait pour me dire un poème, ou faire une promenade, puis replongeait dans le silence. Qui aurait reconnu dans cette femme paisible le tyran de la rue Cambon?

En vérité Chanel détestait l'idée de vacances.

– Comment peut-on rester au soleil à attraper des maladies et à s'ennuyer? Et pourquoi partir pour revenir rouge, tendu, épuisé?

L'exode qui vidait chaque été la rue Cambon la rendait folle, ajouté aux pauses obligées entre les collections.

Hantée par le spectre de l'inaction, Mademoiselle se remettait à bouger, quittant sa maison pour l'hôtel, la ville, le bruit, et transformant son départ en rentrée.

Nous allions voir *Ivan le Terrible*, *Alexandre Nevski*, ou le dernier film de Visconti – avec qui elle partageait une vraie complicité. Nous revenions dix fois au besoin étudier les couronnes des tsars, les croix des popes, qu'on retrouvait dans ses bijoux pour lesquels elle faisait venir, de Russie, des pierres de couleurs très franches qui imitaient le rubis...

On s'installait à la terrasse d'un café très passant. Elle observait les inventions spontanées de la rue, jugeait des silhouettes, louait la commodité des tailleurs et l'austérité des soutanes. Tout ce qui relevait d'un ordre lui plaisait, à l'image du tablier de son orphelinat, qui inspira sa célèbre petite robe noire. Elle enlevait ici un col, ajoutait là une chaîne, et le modèle était virtuellement prêt. Elle m'envoyait acheter le baluchon d'un marin démobilisé pour comprendre le fonctionnement du pantalon à

pont. C'est ainsi qu'elle avait conçu sa saha-
rienne, reproduite ensuite aux quatre coins du
monde...

Mais la rue c'était aussi les choses à ne pas
faire, le divorce des couleurs, ce qu'elle nom-
mait le « prêt-à-ne-pas-porter ».

– Mon Dieu, mais comment peut-on se pro-
mener comme ça?

A moins qu'elle n'ait acheté un petit pull en
cachemire ou un imperméable dans une boutique. Aussitôt défait et remonté, affublé de
poches et de galons que je cousais tant bien que
mal, le cobaye finissait immanquablement en
petit Chanel. Et quand plus rien ne distinguait
ma chambre d'un atelier, je partais rejoindre
mon mari pour de vraies vacances...

Quelques jours plus tard, elle rentrait choisir
les teintes de la prochaine collection. Elle partait en forêt prendre de la terre noire, marron,
beige, cueillir de la bruyère, de la mousse et des
feuilles mortes.

– La vie ne nous a pas fait naître avec des
mèches rouges, disait-elle pour expliquer la
supériorité des couleurs naturelles.

Son choix arrêté, elle faisait venir Linton, le
grand fabricant de tweed. C'était un colosse
irlandais en costume noir, haut-de-forme et col
cassé, dont les valises regorgeaient de bandes et
de mèches de laine. Il était suivi par cinq

compatriotes, tous en haut-de-forme, qui déroulaient ces bandes d'un mètre cinquante sur un mètre – Mademoiselle détestait les petits échantillons. Je ressortais les mousses et les branches d'arbres ramassées en forêt, Linton sélectionnait les tweeds dont le marron, le beige ou le blanc s'en rapprochaient le plus...

Mademoiselle était en général déçue. La lumière de nos promenades manquait, la mousse s'était étiolée, les couleurs semblaient fades : accusée à plusieurs reprises de négligence, je pris l'habitude d'acheter des branches de chêne ou d'érable chez les fleuristes du quartier. Forte de ces références, Chanel installait les Irlandais sur un métier à tisser, et leur faisait ajouter un peu de vert, de violet ou des taches à leurs bandes. Il s'agissait d'obtenir les meilleures teintes pour les quinze tweeds utilisés, en moyenne, par collection. Une opération délicate, splendide à voir, qui durait généralement une semaine, au bout de quoi les Irlandais repartaient fabriquer les étoffes qu'ils rinçaient, dans la rivière Tweed, pour les assouplir...

L'opération était sensiblement différente pour les soies d'été et les crêpes de Chine. Chanel prenait les échantillons à pleines mains, les frôlait puis les reniflait comme on sent un livre. Rien, là encore, ne lui échappait : elle semblait voir avec les doigts. Il suffisait qu'un shantung soit cassant pour qu'elle décide d'acheter des mûriers dans le Rhône. Les vers ne donnaient qu'après des années? Elle faisait rouvrir une usine lyonnaise pour avoir sa propre soie.

Son acharnement à choisir ses tissus était justifié : le vêtement était pour elle une seconde peau.

Son vison, qu'elle m'offrit un jour de grand froid, avait été si travaillé qu'il tenait entre les mains. Et d'année en année elle remettait toujours les mêmes vêtements. Parfois auréolés, souvent reprisés, ils avaient fini par prendre la forme exacte de son corps. Ils faisaient tellement partie d'elle qu'on me déconseilla de porter son vison rue Cambon, de peur qu'elle le reprenne : le lui enlever, c'était la dépouiller.

C'était peut-être ça, le génie de Mademoiselle : ses vêtements protégeaient. J'étais sûre, dans mon tailleur, d'être au mieux de moi-même. Finis les soucis d'apparence, d'image, de ligne : je pouvais penser à autre chose. Vivre en Chanel donnait une sécurité qui, pour Mademoiselle, valait bien toutes les vacances...

Chanel en 1936 *(ci-contre)*.

Chanel dans le parc de sa villa de Roquebrune, avec François Hugo, en 1938 *(ci-dessous)*. A gauche, Chanel photographiée en 1936 par Cecil Beaton.

Chez Cocteau, à Milly-la-Forêt, avec Hervé Mille *(ci-contre)*. Avec Cocteau, dans les rues de Rome *(ci-dessous)*.

Chanel dans son salon du second étage, rue Cambon *(ci-contre)*, et avec Serge Lifar à l'Opéra *(ci-dessous)*.

Mademoiselle accordant une interview à Jacques Chazot *(ci-dessus)*. En compagnie de Jean Prouvost *(ci-contre)*.

Avec Romy Schneider, dont elle fut la conseillère, sur le canapé du premier étage.

Chanel réajustant une veste sur un mannequin avant d'appeler la première d'atelier qui devra la refaire *(ci-contre)*, et travaillant sur une robe du soir sur Odile de Crouy *(ci-dessous)*.

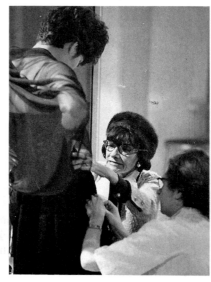

Chanel choisissant des tissus pour sa collection *(photo du haut)*. Marlène Dietrich,
amie et cliente, ne manquait jamais une
collection *(ci-contre)*.

Chanel après la première en 1966. Ses amis se précipitent pour la féliciter *(au second plan, l'auteur).*

Chanel en pyjama sur la terrasse de son hôtel à Lausanne, en 1966 *(ci-contre)* et arrivant rue Cambon. Une des rares fois où Mademoiselle portait un imperméable – retaillé par elle-même – qu'elle appelait "caoutchouc" *(ci-dessous).*

Chanel "corrigeant" un détail de son portrait peint par Marion Pike *(ci-dessus)*.

Chanel couturière

Contrairement aux couturiers masculins, Chanel portait ce qu'elle faisait. Sa collection, c'était encore elle, et l'imitation lui semblait un hommage. Elle était ainsi la seule, dans la profession, à autoriser la diffusion de photos dès le lendemain de ses défilés. Grâce à ces clichés, des ateliers fabriquaient des faux Chanel dans le monde entier. Les risques ne l'inquiétaient pas – au contraire.

– Un costume porté par beaucoup de femmes, c'est autant de costumes différents.

Hélène Lazareff lui apprit que ma mère copiait ses modèles pour des amies. Chanel me propose aussitôt de l'amener rue Cambon, pour qu'elle se perfectionne. Ma mère n'osa pas, et Chanel oublia son existence. Mais le fait est là : Mademoiselle ne demandait qu'à être copiée.

Un jour que nous traversions le marché de Saint-Germain-en-Laye, elle entendit crier :

– Achetez mes petits Chanel, cent francs mes petits Chanel!

Elle fit arrêter son chauffeur pour pouvoir embrasser la marchande, et revint, triomphante :

– Tu vois, c'est le succès de ma vie : on peut acheter mes modèles pour cent francs.

Née dans la rue, elle était fière que sa mode y revienne.

Elle n'utilisait, bien sûr, que les tissus les plus chers, donc les plus inimitables. Mais elle obéissait avant tout à des critères de qualité. « On n'est pas assez riche pour acheter bon marché », lui disait-on enfant : elle était restée fidèle à cette exigence. Ses vêtements devaient pouvoir durer dix ans et plus sans s'user, ni se démoder : pour cela il fallait savoir sacrifier des mètres d'étoffe durant les essayages. Toute restriction serait allée contre son intérêt, qui rejoignait ici sa démesure.

– Il y a des gens que les économies appauvrissent, et d'autres qui s'enrichissent à force de dépenses, disait-elle : j'ai toujours été pauvre comme Crésus, et riche comme Job.

Chanel, plus concrètement, était très peu dépensière pour elle-même. Mais dans le travail elle ne se refusait jamais rien. Je me souviens d'un dimanche où elle me fit ouvrir la rue Cambon. Le studio restant fermé, elle m'entraîna jusqu'au coffre pour prendre un collier somptueux que lui avait offert le duc de Westminster, mais qu'elle ne mettait jamais, lui préférant ses faux cabochons.

De là elle passa à la cuisine pour y trouver un tire-bouchon, un pic à glace, une boule presse-papier, et commença, à quatre pattes sur son tapis chinois, à dessertir en jubilant ces diamants, ces rubis, ces saphirs, dont je courais ramasser les éclats dans toute la pièce.

Le massacre fini, elle prit son plateau de pâte à modeler, pour y enfoncer les pierres du duc, d'où en ressortit *son* bijou.

Plus qu'un caprice c'était une exigence : Chanel avait besoin de refaire les choses à sa façon. Les vêtements mal coupés la rendaient folle – ne parlons pas des « costumes » faits par d'autres. Elle avait une amie très drôle, ancienne vendeuse de violettes, qu'un baron avait ramenée d'Égypte. Maguy de Zuylen était belle, très brune, et connaissait bien ses manies. Elle vint déjeuner rue Cambon en tailleur Maguy Rouff : c'était montrer du rouge au taureau. Chanel commença par démonter les poches, reprendre les épaules... et Maguy de Zuylen ressortit, comme prévu, avec un Chanel sur le dos.

Une autre fois, Odile de Croy, un de ses mannequins préférés, vint lui demander des vacances dans son plus beau costume.

– Des vacances, répondit Mademoiselle un peu vague... Dites-moi, ma petite Odile, venez un peu ici, de quand date ce tailleur?

– De l'année dernière : je l'ai même acheté.

– Mais oui, bien sûr... il y a là une petite chose – vous permettez?... Qu'est-ce que vous allez faire pendant ces vacances?

– Je pars avec mon mari dans notre maison de Normandie.

– C'est très bien...

Cinq minutes plus tard, Odile marchait en larmes sur les ruines de son tailleur – avant de repartir, deux heures après, transformée et contente...

Ce perfectionnisme, ces débauches de tissu et de pierres coûtaient cher. Mais les ventes de parfums suffisaient à faire vivre la maison. Elles doublaient après chaque collection, Marilyn Monroe ayant avoué ne porter, la nuit, qu'un doigt de n° 5. Chanel pouvait donc se permettre d'aller au bout de son talent.

Elle refusait pourtant le titre de « plus grand couturier vivant ».

– Ne dites pas de bêtises, ou alors taxez-moi directement de génie : c'est plus amusant!

La mode, à ses débuts, gardait quelque chose de déshonorant. Et bien qu'elle lui ait appliqué, selon Cocteau, les lois de la poésie et de la peinture, elle refusait toujours de parler d'art. Elle n'était ni Picasso, ni Reverdy, ni même une créatrice.

« Les costumiers travaillent avec un crayon, c'est de l'art; les couturiers avec des ciseaux et des épingles : c'est un fait divers. »

Je ne l'ai jamais vue aussi gaie qu'à l'arrivée d'une étudiante rédigeant une thèse sur elle :

– C'est de la folie, c'est ridicule, dit-elle en poussant l'intruse à la porte...

Chanel refusa toujours d'entrer au Syndicat de la couture. Elle s'estimait à la fois à part, et au-dessus.

– Pourquoi Untel a-t-il tant de succès? Parce qu'il a compris ce que je faisais!

Elle aimait bien Balenciaga ou Givenchy, mais comme amis. Saint Laurent l'attendrissait, peut-être pour avoir fait une collection inspirée des siennes. Curieusement elle écorchait régulièrement son nom.

– Il a bien du talent ce petit Yves Saint-Martin, disait-elle en feuilletant les magazines.

– Vous voulez dire Yves Saint Laurent, Mademoiselle...

– Mais non; je te parle de Saint-Martin...

A l'inverse, elle était la première à applaudir aux victoires de son cheval *Romantica* sur les hippodromes.

– Il est formidable ce petit Saint Laurent : il me fait gagner toutes les courses...

Et elle battait des mains comme une enfant.

Chanel avait des rapports compliqués avec l'autre mode. Ses robes étaient toujours tombées un peu au-dessous du genou, quelle que soit la saison. Or après les excès vers le bas de Dior, l'époque ramenait tout vers le haut. « Mais, ma chère, vous dites des bêtises : je couvre les genoux parce qu'un genou est une chose très laide ! Pour être beau, il doit être rond, et la cuisse grosse et forte... même chose pour les coudes ! » Elle espérait encore un retour à ses conceptions, mais devenait sceptique sur le goût des femmes. « Regarde ces deux obus qui s'avancent vers nous », disait-elle à la vue d'une minijupe.

Ce refus s'aggrava à la fin de sa vie. Il suffisait qu'un mannequin vienne en blue jean pour que le ciel lui tombe sur la tête.

– Vous devez faire rêver les gens, moi la première. Si vous ne vous maquillez pas, si vous ne vous habillez pas, allez faire des ménages.

Quelquefois ses critères m'échappaient : je devais renvoyer une fille engagée deux jours avant, à qui j'avais moi-même annoncé la bonne nouvelle...

Mais Chanel était aussi dure pour elle-même. Qu'il pleuve ou qu'il vente, elle prenait son poste, maquillée, coiffée, bijoutée, vêtue d'un tailleur à la bonne longueur. En cas de fièvre elle ajoutait trois sous-vêtements, réglait les spots au maximum, et travaillait.

— On ne tombe malade que si on le veut bien, disait-elle, sans voir qu'il fallait sa passion pour supporter une bronchite, ou 39 de fièvre.

Mais Mademoiselle pensait aux sept mille commandes à satisfaire annuellement, aux containers en partance pour l'Amérique, aux tailleurs à livrer.

— Après tout, je ne suis qu'un fournisseur, disait-elle dans ses moments d'humilité...

Je gardais, après cinq ans, la même curiosité. Mais l'arrivée de ma fille et de mon fils, en 1961 et 1963, me rendit moins disponible. Je rentrais le soir les faire manger, quitte à ressortir pour dîner rue Cambon. Je continuais, en nombre d'heures, à la voir plus que mon mari. Mais elle n'était plus l'axe principal de ma vie, et cette idée lui déplaisait.

Elle me le fit comprendre lors d'une promenade à Louveciennes, tandis qu'on s'arrêtait devant une maison à vendre.

— Tu sais que tu serais très bien là?

— Mais pourquoi?

— Toi qui adores la campagne...

— Mais je suis très bien où je suis!

— C'est curieux : pourquoi n'acceptes-tu jamais rien?

— Parce qu'il ne faut dépendre de personne : vous le dites vous-même.

— Mais entre nous, c'est différent : je t'aime beaucoup, et je veux que tu n'aies pas de problème plus tard, comme moi...

Son but était bien sûr de m'attacher à elle. Mais sa réaction était aussi sincère : elle ne comprenait pas qu'on soit aussi imprévoyante. Elle me traita d'idiote, promit de me faire son légataire universel. Elle essaya tout, jusqu'au simple : « Divorce, et tu auras ce que tu veux. » Elle revint à la charge avec des arguments plus classiques : « Il n'est pas fait pour toi, on ne peut pas vivre avec quelqu'un de pareil... » Je la menaçai de partir définitivement, et elle s'arrêta.

Il y eut une accalmie. Elle répétait partout :

— Demandez à Lilou : elle sait si je peux faire ceci, ou cela.

Je restais pourtant sur mes gardes. Elle me présentais comme son amie, mais je précisais toujours, pour éviter les abus : « sa collaboratrice ». Elle me proposa de prendre quelqu'un pour me seconder. Je lui conseillai aussitôt une femme intelligente, qu'elle connaissait bien, pour lui tenir compagnie.

— Mais tu es complètement folle, je n'ai besoin de personne... et puis je m'ennuierais à mourir avec ce genre de fille !

98

Puisque j'étais assez bête pour refuser une maison, elle décida de mettre de côté, chaque année, un prototype de sa collection. Au moins, j'aurais cette assurance-là... Mais il suffisait que je manque deux de ses dîners pour tout détruire :

— Puisque c'est comme ça, va vivre ta vie!

— D'accord, Mademoiselle, j'ai besoin de vacances...

— C'est ça : fous le camp!

Ma résistance, un matin, la rendit folle. Elle me laboura les tibias de coups de pied en me précipitant à la porte de son bureau, tandis que la maison nous regardait, médusée, par les glaces de l'escalier. Le lendemain elle me proposa de déjeuner. Je lui rappelai notre scène, elle m'accusa carrément d'inventer. Je venais de découvrir le moyen de prendre de petites vacances : provoquer une dispute, et partir le soir même sans prévenir. Au retour elle m'accueillait sans un mot, et tout rentrait dans l'ordre...

Mais j'étais fragile, et ces scènes m'auraient tuée sans le soutien de mon mari et de mes enfants. Je menais auprès d'eux une seconde vie qui me rendait très heureuse. Il m'arrivait de quitter sans prévenir la rue Cambon pour assister au cours de danse de Maria, ou faire réciter ses leçons à Thomas. De même, durant les vacances que je passais avec Mademoiselle à Lausanne, je les mettais dans un home d'enfants à Villars, afin de les rejoindre en secret, chaque fois que Chanel m'en laissait le temps. Leur amour me permettait de supporter le harcèlement de Mademoiselle – même si, en profondeur, je souffrais d'être écartelée entre ces deux vies.

J'ai du mal, aujourd'hui, à comprendre toutes mes réactions d'alors. Je sais pourtant que mon combat fut utile. Chanel me l'avoua plus tard : j'aurais cédé sur tout, la maison, le testament, elle m'aurait méprisée.

– Il faut vivre comme un étudiant, et avoir de l'argent dans les poches pour pouvoir partir à n'importe quel moment, disait-elle souvent.

J'avais retenu la leçon, malgré elle.

Chanel et les femmes

Chanel était une grande couturière. Mais on ne parlait pas d'elle comme de Christian Dior, et pour cette bonne raison : plus que des robes à vendre, elle avait un message à transmettre. Son rêve était de prendre une femme dans la rue, et de la transformer. Avec ses tailleurs, leurs copies à cent francs, ou rien. Un pull Prisunic et une jupe droite lui semblaient préférables à une robe à fleurs ou à volants. L'élégance, c'était la simplicité, c'est-à-dire le contraire du chichi. Tout ce qu'une femme faisait pour échapper à la vulgarité était, à priori, du Chanel. Le contraire de l'élégance n'était ni la pauvreté, ni même la banalité, mais la vulgarité.

A travers l'apparence, elle cherchait à former la personne, son mode de vie, sa façon de penser. A lui apprendre à se faire une petite tête

ronde, un long cou et des cheveux tirés —
comme sous l'Antiquité. A marcher droit, le
menton relevé, les épaules en avant, les hanches
basculées, comme celles des cavaliers... A bien
courir ou à croiser les jambes. Mademoiselle
avait travaillé avec Lifar, et elle n'imaginait pas
d'autre façon de bouger.

A la question : « Qu'est-ce que vous auriez fait
dans une autre vie ? » elle répondait toujours :
« chirurgien ». Par curiosité pour les maladies,
mais aussi, je crois, par goût d'intervenir. Je le
vis sur Romy Schneider, que Visconti lui avait
envoyée. Chanel l'emmena dans son salon, la
regarda évoluer, établit son diagnostic. Romy
maigrit, se coupa les cheveux, perdit son côté
Sissi. Mademoiselle se mêla de sa carrière, lut
ses rôles, comme si elle avait joué la comédie
toute sa vie. Elle lui fit parler de Delon, lui indi-
quant comment le garder...

— C'est vrai : vous auriez fait un redoutable
Pygmalion, lui dis-je.

— C'est péjoratif ce que tu dis là ?

En fait Mademoiselle était certaine de sa
bonne influence. La meilleure preuve ? Le
nombre d'amies revenant lui demander conseil.
Elle écoutait toujours passionnément leurs
aveux. Elle étudiait le problème et, là encore,
tranchait.

— Mais c'est ennuyeux de rentrer chez soi et

de trouver une femme qui pianote, disait-elle à Clara Malraux, que l'écrivain avait quittée. Bougez, reprenez votre métier, redonnez des concerts : il n'y a rien de pire qu'une femme ennuyeuse.

Chanel avait ses hiérarchies. Elle préférait encore quelqu'un de commun à quelqu'un de vulgaire, la médiocrité à la non-sincérité, et détestait par-dessus tout les faux rapports. « Il n'y a rien de plus triste que d'être mal accompagné », disait-elle, s'attaquant aux couples mal mariés avec autant de vigueur qu'aux costumes mal coupés. Romy se sentait délaissée ? Elle conseillait la séparation.

– Quand une histoire d'amour se termine, il faut partir sur la pointe des pieds : on ne doit pas peser sur la vie d'un homme...

Chanel adorait s'immiscer dans les couples. Elle avait de l'énergie pour dix, et de quoi vivre à la place de tous. D'où son impatience à voir ses conseils appliqués.

– Mais de quoi se plaint-elle ? Elle n'a qu'à changer de vie !

Que la femme en question n'ait pas ses moyens ne l'effleurait même pas : elle devait se prendre en charge, c'est tout.

– Comment peux-tu rester avec un idiot pareil... il est d'un ennui mortel ! Mais qu'est-ce que c'est que cette vie !

Les larmes, les sanglots ne l'arrêtaient pas : il fallait quitter « l'idiot », fuir cette « solitude à deux », la pire de toutes...

A force de confidences elle en avait conclu que toutes les femmes avaient le même problème. Elle les voyait en esclaves de l'amour, protestant contre les règles « grotesques » qu'elles s'étaient imposées.

— Mais, ma chère, vous n'arrivez même pas à savoir pourquoi vous commettez tel acte, vous ne réfléchissez à rien, finalement les femmes sont stupides!.

Les mères de famille l'ennuyaient pour des raisons similaires.

— Pourquoi se laissent-elles aller comme ça? Elles n'ont qu'à mettre leur enfant à la nurserie, les faire manger avant et s'occuper de leur mari après!

Ne parlons pas des « pauvres femmes » se laissant tromper, ou des « têtes de linotte » obnubilées par leur amant : Mademoiselle les avait rayées de ses tablettes.

Née avant la libération des femmes, Mademoiselle avait dû battre les hommes sur leur terrain. Mais elle était aussi sévère pour eux, et les aurait dressés et habillés si elle en avait eu le temps. La réussite d'un homme, selon elle, s'appuyait toujours sur le sacrifice d'une femme — comme le maquereau s'appuie sur le travail des « filles ».

– Les hommes sont des enfants, ils le restent toute leur vie, c'est nous qui avons la force.

Je l'accusais de faire des généralités – mais elle n'en démordait pas.

La femme, pourtant, devait continuer d'être féminine. A la fois par plaisir, et par intérêt. « Une femme sans parfum n'a pas d'avenir », disait-elle. Mais là aussi elle avait évolué. Le pantalon, qu'elle avait popularisé avant-guerre, était devenu sa bête noire.

– Une femme en pantalon ne fera jamais un bel homme.

Elle regrettait même, à la fin de sa vie, que la séduction ne soit plus à l'ordre du jour, et que l'égalité ait tué l'amour.

– Vous avez voulu vous libérer, vous êtes punies, vous l'avez cherché, affirmait-elle à ses cadettes.

Chanel était restée, par certains côtés, très romanesque. Elle aimait les hommes beaux, grands et forts. Elle disait toujours, en en croisant un dans la rue :

– Tu vois, c'est certainement quelqu'un de merveilleux.

Elle avait passé ses meilleurs moments en leur compagnie, et ne pouvait se faire à leur absence.

– De temps en temps, j'ai besoin de poser ma tête sur une épaule. Je n'ai pas ça, tant pis, ce n'est pas grave.

Mais tout de même : elle y pensait. « Une femme qui n'est pas aimée est une femme perdue », disait-elle.

Chanel n'était que comblée.

Mais elle retrouvait vite ses réflexes d'indépendance. « Toutes ces complications », grognait-elle à propos de l'amour. La rue Cambon était sa passion exclusive, la seule à ne l'avoir pas déçue. Quant à sa sensualité, elle la faisait passer dans ses robes, si intensément féminines.

– Tu sais, en amour, j'ai toujours préféré le moment de la séduction. Ensuite, ça n'a jamais été extraordinaire.

Aux journalistes indiscrets, elle avait la pudeur de répondre :

– J'ai renoncé depuis longtemps à Satan et à ses pompes.

S'ils insistaient, elle répondait sèchement :

– Vous imaginez, une vieille dame comme moi !

Elle disait n'avoir réellement aimé que Boy Capel, qui l'avait formée et lancée. Mais la réalité était plus trouble. Elle m'avoua que le grand-duc Dimitri, son amant avant-guerre, l'avait dissuadée d'adopter un enfant ; qu'elle avait provoqué la mort de Paul Iribe – sa liaison la plus stable – en lui faisant reprendre une partie de tennis après un malaise ; qu'enfin elle aurait épousé le duc de Westminster si elle avait pu en avoir un enfant.

Ces aveux contradictoires prouvaient une chose : la solitude lui pesait. Son univers était très bien organisé, mais il restait vide. Dans sa villa de Roquebrune, en Provence, des réchauds brûlaient en permanence, autrefois, pour accueillir d'éventuels visiteurs. Mais le soir la rue Cambon était déserte. Elle préférait se réfugier dans ses petites pièces du *Ritz*, où l'attendaient Germaine et Jeanne, deux sœurs auvergnates qu'elle aimait beaucoup, et dont les chambres flanquaient les siennes.

– Une vie d'étudiant, disait-elle en regardant le lit de cuivre de la première pièce, et la coiffeuse de la seconde.

« De la tenue » : sa vie, sa morale, ses tailleurs sortent de là. Je ne l'ai vue pleurer que deux fois : la première, au sujet de Boy Capel, la seconde à propos de sa solitude. Mais elle ajoutait aussitôt :

– Ne fais pas attention à mes larmes : c'est toujours sur soi qu'on pleure.

Chanel avait des règles de vie, mais elle ne pouvait les transmettre qu'aux enfants des autres. Elle avait commencé avec ceux de sa petite-nièce, mais Tiny avait résisté. Puis elle s'était tournée vers moi, sans plus de succès. Et l'idée que son message mourrait avec elle la rendait triste...

Chanel adorait les enfants. Elle les traitait en adultes, presque en égaux – peut-être **parce**

109

qu'elle en était restée un au fond d'elle-même. Elle cherchait à leur plaire, autant qu'aux hommes.

Un samedi où nous déjeunions au *Pavillon Henri-IV*, à Saint-Germain-en-Laye, elle proposa à mon fils et à ma fille une course à pied jusqu'au bout d'une allée. Thomas, respectueux de son âge, la laissa gagner. Chanel vint me voir, tout essoufflée, après sa victoire, pour me dire à l'oreille :

— Tu sais, je me suis retenue pour qu'il gagne, mais j'ai quand même été la plus rapide...

Mais il suffisait qu'elle passe un dimanche seule pour qu'elle se pose les grandes questions. Avait-elle pris le bon chemin ? Aurait-elle pu mieux utiliser ses rencontres ? N'avait-elle pas été trop dure avec les hommes ? L'argent et la célébrité valaient-ils tous ces sacrifices ? Et comblée, l'était-elle vraiment ? A voir son regard, on pouvait en douter.

Mais elle tenait à son personnage et à sa position. Plus que la solitude, l'échec lui aurait été insupportable. Le malheur, dans ce domaine, pouvait la rendre cruelle :

— Comment peut-on se laisser aller à ce point ! dit-elle un jour à un ami ruiné... C'est ignoble, tu es responsable, je ne te vois plus !

La réussite avait été la grande passion de sa vie, et malgré les regrets, elle s'y consacra jusqu'au bout.

Chanel et les autres

Chanel s'était construit un monde à part dans le grenier de ses tantes. Mais à l'époque où je l'ai connue, elle ne lisait plus beaucoup. Elle m'offrait plutôt ses livres de chevet, des *Hauts de Hurlevent* aux romans de Dickens, qui lui rappelaient son enfance malheureuse. Je lui apportai le disque du *Cimetière marin*, lu par Jean-Louis Trintignant, mon beau-frère ; mais Paul Valéry lui semblait trop rationnel.

Je crois qu'elle avait fini par préférer aux vers les gens poétiques, et aux romans le monde réel. Chaque matin, elle lisait la presse de long en large, des faits divers aux résultats des courses. A la surprise de Pierre Lazareff, le patron de *France-Soir*, elle connaissait tout de l'actualité internationale, s'y sentant de plain-pied. La rigueur de De Gaulle lui plaisait, comme son horreur de l'à-peu-près. « La France meurt d'amateurisme », disait-elle, à l'unisson du Général.

Elle ne cachait pas un faible pour Kennedy, pour sa jeunesse, pour son charisme. Elle était aussi la première à reconnaître ses erreurs, presque à le prendre à partie.

– Il ne fallait pas faire ce voyage, il y avait des problèmes beaucoup plus importants à régler...

Même chose pour Mendès France, qu'elle admirait, en lui reprochant sa faiblesse.

– Mais il faut vous présenter, il n'y a que vous, vous ne vous rendez pas compte ! lui dit-elle, quand Jean-Jacques Servan-Schreiber l'amena rue Cambon.

C'était plus fort qu'elle : Chanel se mettait à la place des chefs d'État. Elle pensait aux décisions à prendre. Elle fulminait contre le président Auriol, qui ridiculisait la France avec son accent méridional. Elle s'estimait concernée, à la fois comme symbole national et comme chef d'entreprise ; à l'entendre même, on aurait pu la croire responsable de la situation.

Mademoiselle jugeait regrettable que les grands ne la consultent pas. Déjà, pendant la guerre, elle s'était mis en tête de faire signer la paix à Churchill. Elle avait des projets pour l'Europe, que Mendès France jugea d'ailleurs pertinents, et elle se demandait pourquoi *L'Express* ne les reprenait pas.

L'exercice du pouvoir n'avait aucun secret pour elle.

– Mais pourquoi ne se retire-t-il pas ? disait-elle à la fin du règne de De Gaulle. Quand on décline, il faut se cacher !

La faiblesse, l'indécision étaient mortelles à ses yeux. Tout ce qui était susceptible d'inspirer la pitié ou le mépris était à bannir.

« Le pouvoir, c'est le prestige, et le prestige, c'est la distance ! » était l'une de ses formules.

Chanel savait en partie de quoi elle parlait. Trois cents personnes travaillaient sous ses ordres, et il fallait leur en imposer physiquement. Or elle était frêle, et diminuait avec l'âge. Sa tête semblait se recroqueviller sous son chapeau à bord, comme celles des trophées jivaros. Mais elle était bonne comédienne, savait s'imposer, attirer le regard, jusqu'à occuper toute la pièce. Bonne politique aussi : elle entretenait les rivalités entre premiers d'ateliers, pour améliorer leurs résultats. Le pouvoir, pour Chanel, ne se partageait pas.

Elle était difficile à impressionner. Invitée par les Pompidou à l'Élysée (elle avait beaucoup d'affection pour Claude Pompidou), elle lance à son hôte :

– Mais, Georges, comment pouvez-vous manger avec un plat d'épinards en face de vous ?

Il s'agissait d'un grand tableau vert que le président aimait beaucoup. Les créateurs ne l'intimidaient pas plus : elle avait connu, et parfois aimé, les plus brillants, de Stravinski à Visconti, en passant par Diaghilev et Reverdy. Seules les fortes personnalités l'impressionnaient – et sur ce plan elle n'avait rien à craindre.

Picasso était à part. Mademoiselle admirait sa puissance de travail. Il ne se reprenait jamais, contrairement à elle. Il peignait sans cesse, indifférent au reste, et sans en passer par de nombreux exécutants comme elle,

– Finalement tu es beaucoup plus libre que moi : tu peux voyager n'importe où avec tes crayons et tes papiers.

Mademoiselle enviait cette indépendance : c'était la seule qu'elle n'ait pas gagnée.

Chanel était rarement nostalgique ; mais elle parlait volontiers de sa jeunesse avec Picasso. L'un et l'autre s'étaient imposés comme créateurs, jusqu'à devenir des personnages célèbres dans le monde entier. Mais ce Pablo Picasso et cette Coco Chanel si fameux les étouffaient, et ils étaient contents de se retrouver comme avant.

Elle pouvait dire, dans un moment d'agacement :

– Cet idiot de Picasso...

116

Mais elle n'en disait jamais de mal véritable-
ment. A l'inverse, Cocteau était la personne « la
plus intelligente et la plus amusante qu'elle ait
rencontrée »; mais le nom de Radiguet suffisait
à tout changer. Cocteau était accusé de l'avoir
condamné à mort en l'initiant à l'opium.

– Qu'est-ce que tu racontes, répondait Cocteau d'une voix blanche, ton imagination est
délirante...

Mais Chanel n'en démordait pas, malgré tous
les témoignages sur la fièvre typhoïde de Radiguet. Pourquoi Cocteau n'avait-il pas assisté à
l'enterrement du jeune poète? Ne dut-elle pas
en payer les frais? Et n'avait-il pas tenté aussi
d'initier Mademoiselle à l'opium, avec une pipe
qui l'avait rendue malade?

Mais généralement tout se passait bien. Cocteau était indulgent pour Chanel, qu'il appelait
« Mam'zell », en petit nègre. Il la faisait rire, elle
le mettait en avant.

– Que tu es drôle... Mais raconte à Lilou ton
histoire...

Elle préférait le dessinateur au poète : mais
leur complicité était si ancienne que ces diffé-
rends finissaient par les rapprocher...

Le monde était fait de deux groupes : les personnalités qu'elle avait influencées, et celles
qu'elle respectait, justement pour n'avoir pu les
influencer. Seul Reverdy appartenait aux deux :

117

elle l'admirait comme poète et comme amant. Elle n'avait pu le guérir de sa mélancolie, ni le convaincre de vivre avec elle ; mais elle avait réussi à lui faire mettre, sous forme de maximes, les idées qu'elle avait sur la mode. Elle mêlait depuis ces bijoux aux siens, à l'instar de celui-ci : « Il faut beaucoup de sérieux pour réussir le frivole. »

Chanel gardait un bon souvenir de Maurice Sachs, bien qu'il l'ait volée autrefois en constituant sa bibliothèque. La singularité, en général, lui plaisait, excepté chez Guitry, « le type même de l'ennuyeux : à la longue, tout cet esprit, tu comprends... » Elle le jugeait aussi vulgaire que sa dernière femme était méchante – et elle détestait les gens méchants. Les esprits vifs et parisiens, comme Odile de Croy ou Jacques Chazot – oui. Mais les médiocres cherchant à faire rire avec une méchanceté...

– Écoutez, mon cher, ou vous avez de l'esprit, et vous le montrez, ou vous n'en avez pas, et vous vous taisez.

Elle-même ne se jugeait pas méchante, mais lucide et exigeante. Il lui arrivait pourtant d'être odieuse et, par jalousie, de tomber très bas. Mademoiselle avait en elle une force terrible, qui se limitait heureusement aux mots. Mais il fallait rester sur ses gardes...

Sa lecture des journaux était curieuse. Elle

ouvrait la première page, et critiquait la personnalité en cause. A la suivante, c'était le journaliste qui était insulté, l'article censuré, puis
entièrement réécrit. Une page encore et c'était la
vulgarité de l'époque, la bêtise humaine, le
déclin du goût... Et les pages tournaient, tournaient, tournaient...

Elle aimait la polémique et voulait qu'on la
suive. Ce pouvait être à propos d'une information, d'une idée, ou de l'ami avec qui j'avais dîné
la veille.

— Je ne prends pas le train avec vous, Mademoiselle, aujourd'hui je suis fatiguée.

Elle me regardait, stupéfaite.

— Mais qu'est-ce que tu veux dire?

— Je ne veux pas rentrer dans les bagarres et
tous vos trucs...

— Mais qu'est-ce que tu inventes? Quelles
bagarres, quels trucs? On discute, je te dis ce
que je ressens, c'est tout...

— Bien, je suis d'accord avec vous.

— Non, tu n'es pas d'accord.

Et elle continuait, jusqu'à se mettre dans l'état
voulu.

Quant à la contredire vraiment... Seule son
amie Maguy de Zuylen osa lui jeter un verre de
bière au visage; pour le reste, ses employés la
craignaient trop. A deux reprises pourtant je l'ai
vue maltraitée. La première, nous sortions du

119

Ritz. Mademoiselle me parlait toujours en se maquillant – c'est la première chose qu'elle faisait le matin – et se maquillait trop. Elle marchait donc à mon bras, le visage peint, quand un ouvrier l'apostropha du haut de son échelle :
    – C'est pas Carnaval aujourd'hui !
    – Tiens, vous êtes sûr ? Pourtant je croyais, répondit Mademoiselle. Puis, se tournant vers moi, elle ajouta : Mais pourquoi m'as-tu dit que c'était aujourd'hui ?
    Dix mètres plus loin, elle riait avec moi de sa déconvenue...
    L'autre épisode fut pénible. Je me promenais avec elle dans les jardins de la cité universitaire, aux portes de Paris. Un étudiant à sa fenêtre la remarqua, sans la reconnaître, et l'interpella :
    – Alors, Mémé, on fait prendre l'air à ses fesses ?
    Je retins mon souffle. Mais Chanel passa, souveraine, comme si de rien n'était.

François Mironnet

Mon mari me proposa, au début de 1962, de quitter Paris. Son travail à *L'Express* l'épuisait, et j'étais moi-même saturée de Mademoiselle. On décida de vendre notre appartement pour s'installer en Provence. Afin d'éviter une scène, je ne prévins Chanel que huit jours avant. Sa réaction fut curieuse : elle nous admirait d'abandonner deux situations aussi prometteuses. Quant à ses sentiments, elle refusa de les montrer.

– Ne m'en parle pas! me disait-elle.

J'obéis si bien qu'elle finit par ne plus croire à mon départ.

La veille, je montai la voir rue Cambon.

– Si tu t'en vas vivre à la campagne, n'oublie pas de t'habiller et de te maquiller – jamais de blue jeans! Souviens-toi que tu peux rencontrer l'homme de ta vie au premier tournant!

L'allusion était claire; mais, à l'évidence, elle ne croyait toujours pas à mon départ.

— Pourquoi Lilou ne vient-elle pas déjeuner? demanda-t-elle le lendemain, alors que j'étais sur la route.

Le contact fut maintenu. Je lui téléphonai régulièrement et les parfums Chanel continuaient, à sa demande, de me payer. Mais il n'y avait plus personne pour déjeuner avec elle, parler avec elle, passer la soirée avec elle. Personne, excepté le maître d'hôtel qu'elle venait d'engager par le biais de l'ambassade d'Angleterre. Il s'appelait Jean Mironnet, mais elle le prénomma François, comme les maîtres s'autorisaient encore à le faire avant-guerre. Il était grand, fort, avec beaucoup de charme. Il ressemblait au duc de Westminster — la référence de Mademoiselle en matière d'élégance. Et comme il présentait toutes les garanties, elle se mit à lui parler. François servait, et Chanel monologuait. Ce n'était pas encore une conversation, mais déjà plus la solitude...

Un jour, alors que François faisait son service, Mademoiselle lui dit :

— Vous savez, rester debout à m'écouter est très mauvais pour les jambes!

François dut s'asseoir, enlever ses gants blancs et partager son repas.

– Et puis cherchez un autre maître d'hôtel : ce n'est pas un métier pour vous!

C'était l'équivalent d'un coup de foudre. François lui plaisait, elle ne pouvait l'imaginer ailleurs que près d'elle, rue Cambon. Elle le laissa libre de choisir son activité : François rendit son tablier pour s'occuper des bijoux. Mademoiselle lui apprit tous les stades de la fabrication, et ils créèrent jusqu'à la fin les colliers et les broches vendus à la boutique.

J'étais très heureuse à Saint-Antonin : je profitais enfin de mon mari et de mes enfants, après dix années épuisantes. J'adore la Provence, et ne rien faire me plaît. Au bout de quatorze mois pourtant il fallut rentrer. Nous n'avions plus d'argent, plus d'appartement, plus de travail. Mais j'étais sûre d'une chose; je ne voulais pas reprendre la même vie.

J'étais revenue à Paris depuis deux jours que Chanel m'appelait déjà.

– Viens me voir demain : j'ai envie de déjeuner avec toi.

Le café bu, elle me demanda de revenir. Pour la refroidir, je lui déclarai être devenue exigeante financièrement. Elle voulut savoir combien. Je lui citai un chiffre astronomique; elle accepta sur-le-champ.

Ayant désormais besoin d'argent, j'acceptai à mon tour. J'avais perdu mon indépendance financière mais dans des conditions exceptionnelles.

Je retrouvai mon bureau à l'automne 63, comme si rien n'avait changé. Chanel me questionna à peine sur mon séjour, car pour elle je n'étais jamais partie. Elle m'avait fait entrer rue Cambon, il n'était donc pas en mon pouvoir d'en sortir. Le seul changement notoire était la présence de François Mironnet. Il avait quelque chose de concret et de rassurant qui la calmait. Elle était capable de s'asseoir rien que pour l'observer en train de faire des bijoux.

– Regarde-le travailler avec ses grosses mains, me disait-elle, admirative...

La modestie foncière de François, sa simplicité lui inspiraient la confiance la plus totale. Après tant de gens intéressés, François était l'honnêteté même : il ne demandait qu'à travailler et à apprendre. Elle comprit sa chance, et fit tout pour se l'attacher.

Elle crut pouvoir lui plaire. Oubliant qu'il avait trente-trois ans, et elle soixante-dix-sept, niant la fiancée qui l'appelait chaque jour d'Angleterre, elle agit comme toutes les femmes – tour à tour coquette et exigeante. François subit les mêmes scènes que moi, mais avec plus de patience : il croyait à un caprice, et misait sur le temps.

126

L'entourage prit mal cet engouement pour un maître d'hôtel. Il prêta les pires intentions à François, malgré l'évidence. Mademoiselle s'en moquait : elle aimait François. Sûre de lui comme d'elle-même, elle nous emmena tous deux en vacances. Nous étions au *Palace*, le grand hôtel de Lausanne, à parler de la dernière collection, lorsque Chanel s'adressa à François :

– Vous ne comprenez rien, mon cher. Je vous ai demandé à trois reprises de m'enlever sans résultat. Vous faites semblant de ne pas comprendre ou vous êtes sourd ? Je le répète devant Lilou : voulez-vous m'épouser ?

François resta pétrifié, comme si sa vie dépendait de son prochain geste. Il finit par vider son verre de fendant, repoussa son assiette, et disparut.

On l'attendit jusqu'à la fin du repas. Mademoiselle se taisait, comme abasourdie par son audace. Au dessert, elle me demanda instamment de le retrouver. J'appris qu'il avait rejoint sa chambre, fait ses valises, et quitté le *Palace*. Je courus Lausanne, comme une femme abandonnée, et le découvris au bout de six jours dans un petit hôtel de la ville. Il était encore sous le choc, furieux d'avoir pu passer pour le gigolo d'une vieille femme. Il ne pouvait croire qu'un personnage aussi extraordinaire que Chanel l'aime.

Je lui demandai d'être généreux, de comprendre qu'elle avait gardé un cœur de midinette et une tête romanesque... Il sourit à l'idée qu'il m'avait compromise devant toute la ville. Il revint à l'hôtel, et personne ne reparla jamais de la scène.

A défaut d'amour, François amena un sang neuf rue Cambon. Il était à mille lieues des gens de la mode, ou de la maison. Il observait Mademoiselle comme un homme sain regarde un cas : avec ironie. Surtout il disait toujours ce qu'il pensait, et Chanel adorait cela. Elle posait sa tête sur son épaule, l'air ravie, en soupirant :

– Ah! Francois...

François, de son côté, admirait Mademoiselle. Il lui était reconnaissant de l'avoir tiré de sa condition – même s'il avait toutes les qualités pour y parvenir. Il la rassurait tant qu'elle lui confia et l'aménagement de sa maison de Lausanne, et la gestion de ses finances quotidiennes. Des surprises attendaient François : Chanel comptait encore en anciens francs, et donnait facilement des billets de 500 comme pourboire. Mais je lui conseillai de ne rien changer à ses habitudes après avoir vu les liftiers du *Ritz* tenir une demi-heure une porte, sourire aux lèvres, en attendant qu'elle finisse ses phrases...

Chanel comprit son erreur et m'accusa de n'avoir aucun sens de l'argent. Je répondis qu'avec sa fortune, je donnerais la même chose, et elle m'approuva. Mais sur le fond elle avait raison : j'étais aussi dépensière que François était économe.

Il était difficile, en voyant François, de deviner son ancien métier. Aussi Mademoiselle l'invita au souper donné rue Cambon en l'honneur du duc et de la duchesse de Windsor.

– Mais, monsieur, je vous connais, lui demanda sa voisine.

– Bien sûr, répondit François, j'ai servi Madame ici même.

L'anecdote amusa beaucoup Mademoiselle...

Mais François restait le plus souvent en retrait. Il parlait peu, et jamais le premier. Mademoiselle l'intéressait, mais il manquait de références pour lui renvoyer la balle. Alors ils me demandaient souvent de les rejoindre. Nous déjeunions ensemble, chez elle ou ailleurs. François se sentait plus libre, Mademoiselle oubliait d'être amoureuse. Et nous jouions comme si elle avait notre âge...

Ce trio formait une enclave dans le domaine réservé de la rue Cambon. Il pouvait aller en Suisse, en Italie, ou au *Pavillon Henri-IV* de Saint-Germain-en-Laye pour le week-end, il restait uni. Un jour, au restaurant du *Ritz*, un paravent passa lentement devant nous : c'était celui du roi Farouk, que personne ne devait voir manger.

Mademoiselle devint pensive, je la rattrapai sur son nuage, et elle me confia :

– Voilà, demain je demande aussi un paravent à M. Ritz, nous déjeunons derrière ; et si on nous dérange, tu réponds : Mademoiselle est en train de manger son orchidée quotidienne. Après tout je vieillis, j'ai bien droit à quelques caprices.

Et ce paravent disait tout...

Ce qui était valable à trois ne l'était pas à deux. Je riais beaucoup avec François, et elle craignait d'être notre victime. Aussi saisissait-elle le moindre prétexte pour nous refroidir :

– Dites-moi, François, je vous ai demandé ceci : pourquoi ne le faites-vous pas ?

Ou alors, à l'inverse, elle nous prenait la main de façon excessivement gentille.

– Oh ! la la ! mais qu'est-ce qui se passe, Mademoiselle, ça va tourner mal ! disait François en riant.

Mais Chanel ne plaisantait pas. La fiancée de François rentrait-elle d'Angleterre ? Elle l'engagea comme femme de chambre. Rien ne devait menacer l'harmonie du trio...

L'arrivée de François m'a sensiblement soulagée. Mademoiselle me harcelait moins, les hurlements étaient finis : notre relation atteignait l'âge de raison. Chanel en parlait d'ailleurs peu, sinon pour souligner le changement.

– Ça, tu vois, c'est la Lilou d'avant qui ressort.

– La Lilou d'avant *quoi*, Mademoiselle? D'avant *vous*?

Mais elle avait déjà la tête ailleurs...

Le grand coucher

Chanel, avec l'âge, devenait insomniaque. Elle s'endormait à deux heures du matin, et se réveillait à six. Mais ces quelques heures d'inconscience nécessitaient un rite précis. Je m'asseyais près d'elle, dans sa petite chambre du *Ritz*. Elle ouvrait grandes ses fenêtres, enfilait un pyjama – deux l'hiver –, nouait une écharpe de soie à son cou, et une autre dans ses cheveux. Ainsi équipée, elle s'asseyait sur le bord de son lit de cuivre, ramenait une couverture très légère sur ses genoux, et m'observait.

D'un tiroir, elle sortait une boîte de vitamines, et de là une ampoule qu'elle cassait dans une seringue.

– Tu vois, je me fais une petite piqûre pour me calmer. Ce n'est rien, mais je préfère que tu

sois là. Si jamais l'aiguille cassait, tu
comprends... ça ne t'ennuie pas?

Elle faisait sa piqûre, le liquide se propa-
geait... Son visage commençait à se détendre, la
langue devenait pâteuse, les mots s'embrouil-
laient...

– Je crois qu'il faut vous coucher, lui disais-je
en riant : vous allez être complètement *out*.

– Pourquoi dis-tu cela?

– Parce que vous vous piquez.

– Mais qu'est-ce que tu crois que c'est?

Là encore Chanel avait sa vérité. Elle ne se
droguait pas, elle prenait un calmant nommé
Sédol. Rien à voir avec les « cochonneries » qui
détruisaient lentement Malraux, où l'opium qui
avait tué – selon elle – Radiguet. Elle avait horreur de la drogue comme du mensonge. Toute
occasion d'attaquer les drogués était d'ailleurs
bonne :

– Mais comment peut-on se mettre dans des
états pareils...

Je crus donc au Sédol. Jusqu'au jour où son
médecin suisse me raconta toute l'histoire...
C'était à Saint-Moritz, quarante ans auparavant :
Chanel s'était cassé la cheville en skiant. On
l'avait mise sous morphine, la douleur disparut,
l'habitude fit le reste. L'anecdote était peu
connue, et Chanel elle-même semblait l'avoir
oubliée. A moins que son médecin ne lui ait pas

tout dit. Croyait-elle ne s'injecter qu'un peu de morphine dans un liquide vitaminé? C'est peut-être le mensonge qui la protégeait à ses yeux...

Le rituel était immuable : quand je ne dînais pas rue Cambon, Gianni et la Cadillac étaient à ma disposition pour m'emmener au *Ritz*. Mais je devais toujours faire semblant de passer par hasard.

– Comme c'est gentil, disait-elle : je ne m'y attendais pas! Tiens, je n'ai pas encore eu ma piqûre. Veux-tu rester pendant que je la fais?...

En temps normal, elle maîtrisait parfaitement sa consommation. C'était une piqûre par soir – pas plus. Avec les collections il lui arrivait de se repiquer la nuit, et de me demander d'ouvrir la rue Cambon. Un coup de fil à ses femmes de chambre suffisait à m'éclairer – et Mademoiselle se recouchait.

A quoi bon lui faire la morale? Je savais que, lorsqu'elle se trouvait en manque, quelqu'un allait en Suisse lui chercher de la morphine. Lors d'un passage, au retour, cette personne fut arrêtée. La maison Chanel lui ayant promis l'immunité, elle prit la chose avec calme. Elle expliqua sa situation au douanier, mais il « savait ce qu'il avait à faire », et broya les boîtes. Le soir même le directeur de la maison faisait relâcher le « passeur » qui retourna à Lausanne racheter de la morphine, et rentra à Paris.

Mademoiselle, à l'évidence, était protégée. Elle représentait à la fois un symbole, et une source de devises équivalente à la Régie Renault. Du ministère des Finances à celui de la Culture – Malraux précisément –, les consignes devaient donc être nombreuses. Comment en douter après l'appel du douanier trop zélé, demandant l'aide de la maison Chanel pour se faire réintégrer?

Mademoiselle semblait pourtant ne pas être au courant. Peu avant cet épisode je l'avais accompagnée à Lausanne prendre un grosse somme d'argent. Elle aurait pu la demander aux Parfums, mais elle préférait voyager les bottes pleines de billets. A chaque passage d'un douanier elle me lançait un grand clin d'œil, l'air de dire : « Tu vois, on les a encore eus! » Je compris qu'elle préférait jouer aux gendarmes et aux voleurs plutôt que de vivre sous protection...

Souvent elle me reprochait d'être irréaliste, mais elle y était pour beaucoup. Je vivais dans un monde extraordinaire, où tout était à la fois risqué et permis.

– Un jour, si tu as de l'argent, va en Suisse, me dit-elle : tu verras, ce sont des gens formidables.

Ce que je fis, dans l'inconscience la plus totale, à la vente des tailleurs qu'elle m'avait

138

donnés. Le montant obtenu était une somme relativement modeste. Trois ans plus tard, en 1981, la police des douanes me convoquait après l'arrestation d'un fondé de pouvoir. Personne ne prenant tant de risques pour une si petite somme, on m'accusa de trafic. Au troisième interrogatoire, j'étais déjà une espionne – et plus aucun ministre ne pouvait me sauver...

Mademoiselle, heureusement, ne s'était pas trompée.

– Tu verras, après ma mort, quand tu feras une bêtise, je viendrai te chatouiller les pieds la nuit, et tu seras toujours protégée.

Le douanier, par un étrange hasard, était fasciné par elle. Il comprit aussitôt mon cas dès que j'eus parlé de nos voyages en Suisse. Je dus raconter la rue Cambon dans les moindres détails, il finit par annuler mon amende...

L'usure

Chanel, sur la fin de sa vie, redevint épuisante. Elle avait peur qu'on profite de son inattention pour travailler moins. Elle se croyait affaiblie, donc plus facile à duper. Jeanne, sa femme de chambre, avait toujours lavé ses tailleurs à la main, les trempant dans une baignoire avec du bois de Panama, avant de les rincer dix fois pour les assouplir : Mademoiselle lui fit une scène horrible pour avoir osé les donner à la teinturerie. Inutile d'épiloguer sur la compétence des maîtres teinturiers : elle en était restée aux vertus du lavoir. Inutile d'essayer de disculper Jeanne.

— Tu mens! me disait-elle.
— Pourquoi je mentirais?
— Raconte ce qui s'est passé exactement...
— Mais, Mademoiselle, je ne comprends pas.

— Tu me prends pour une gâteuse, ou quoi?
L'ennui est qu'elle se trompait rarement : je mentais pour la protéger.

— Lilou est la seule personne qui me fasse du bien, disait-elle — mais au moindre signe de faiblesse elle reparlait de testament et de divorce, et j'en venais à la détester, même à souhaiter sa mort...

Mais son charme était le plus fort. J'entrais facilement dans la peau de son personnage — après tout j'étais venue là pour lui. Elle m'expliquait quand, comment, pourquoi, et j'écoutais, fascinée. C'était sa nourriture, presque sa gelée royale : plus je l'écoutais, plus elle voulait parler, et plus je me sentais vidée.

— Je ne suis pas épuisante, disait-elle, je suis passionnée; tu te fatigues parce que tu ne partages pas ma passion.

Il lui arrivait d'être plus lucide :

— Ah, j'ai compris, tu louches, j'arrête...

Ou bien :

— Mais pourquoi bâilles-tu?

— Mademoiselle, cela fait quatre heures que vous parlez.

— Comme je suis bavarde! Tu devrais m'arrêter quand tu me vois comme ça... allons nous coucher, viens!

Le chauffeur nous ramenait au *Ritz* — et Chanel recommençait à parler sur le perron de l'hôtel.

144

Parfois, vers trois-quatre heures de l'après-midi, elle me proposait une sieste. Mais sa présence était si forte que son silence me dérangeait encore. Je me réfugiais dans son bureau, seule, pour dormir. Cinq minutes passaient, la porte s'entrouvrait sur sa tête, fendue d'un grand sourire :

– Ça va?... j'ai un truc fantastique à te montrer : viens!

Je pouvais sortir de là aussi fatiguée que d'un match de boxe, ne trouvant de répit que chez moi, une fois la porte franchie. Mais Mademoiselle n'était pas de cet avis.

– Pourquoi pars-tu? Tu n'as rien à faire!

– Écoutez, je dois rentrer...

– Mais non, tu restes, on dîne ensemble!

Alors je préférais filer sans rien dire, comme au pensionnat... Elle fulminait dans mon dos, mais laissait faire. C'était ça ou : « Mademoiselle, je le répète, si cela ne vous convient pas, cherchez quelqu'un. » Ou alors : « Écoutez, je ne peux pas vivre ainsi. Je préfère m'installer dans une chambre de bonne que de perdre ma liberté. »

Mademoiselle avait une réponse toute prête. Elle m'avait loué, quelques années auparavant, l'appartement voisin de ses chambres du *Ritz* à la suite d'une dépression provoquée par un conflit sur la propriété du nom Chanel.

145

– Je ne te demande pas de venir chaque soir... m'avait-elle dit au sortir de l'hôpital américain. Mais je serais plus tranquille si je te savais là de temps en temps. Tu sais, Germaine et Jeanne sont vieilles, elles risquent de ne pas entendre si j'appelle.

Je n'avais eu à y dormir qu'une nuit, Chanel s'étant vite remise de sa dépression. Mais depuis ces deux chambres m'attendaient, au cas où je voudrais quitter mon mari et mes enfants...

Je crus, un moment, que la télévision allait sauver mes soirées. Mademoiselle avait vu chez les Lazareff une émission « merveilleuse ». A sa demande, je lui achetai un poste, soulagée – mais le lendemain elle m'accueillit très mal.

– C'est incroyable, on ne peut rien te demander! Je me suis ennuyée à mourir à cause de toi... l'émission était nulle!... Il faut changer le téléviseur, celui-ci ne vaut rien : demande à Hélène Lazareff où en acheter de meilleurs...

Tous mes espoirs tombaient à l'eau...

Je connus heureusement, par l'intermédiaire d'amis, une femme qui m'apprit à mieux manger et à ne plus la regarder dans les yeux, mais entre les yeux, à la racine du nez. Le procédé fut très efficace. Le regard de Mademoiselle ne trouvait plus prise, comme si une vitre nous séparait.

– Mais tu ne m'écoutes plus, tu te fiches de ce que je dis!

146

Elle se sentait frustrée, sans savoir pourquoi...

Je m'absentais tous les jours une heure. Elle pensa d'abord à des nettoyages de peau. Mais non, c'était plus grave. Je ne mangeais plus « comme elle », je l'écoutais moins : j'étais donc tombée dans de mauvaises mains.

— Je vois en effet quelqu'un qui m'aide à vous supporter...

— J'en étais sûre : c'est une sorcière!

— Mais non...

— D'ailleurs je l'ai toujours dit : tu fais trop de choses... ton mari, tes enfants, tout cela t'épuise...

Notre rapport était usé. Je n'entrais plus autant dans son jeu, la magie opérait moins. Treize ans d'observation m'avaient rendue critique : le soir, rentrant chez moi, je réalisais combien ma vie était intenable. Et sans doute serais-je partie si je n'avais eu besoin d'argent...

Vint mai 68 – Mademoiselle avait quatre-vingt-cinq ans. Les événements la révoltèrent : la grève l'empêchait de joindre François, en vacances aux Baléares. Elle l'imaginait pris en otage, et se voyait mourir avant son retour.

— Qu'est-ce que je ferai sans lui? disait-elle, en rédigeant un testament en sa faveur...

La rue Cambon était paralysée, et Mademoiselle supportait mal cette idée. En 36, elle avait affronté les grévistes avec ses plus beaux bijoux – ici elle laissa agir son directeur :

— Engagez des femmes qui veulent travailler, lui dit-elle, sans voir que plus personne ne voulait travailler.

Mais elle avait toujours aimé la jeunesse, et elle trouva Cohn-Bendit sympathique à la télévision. J'habitais Maubert, au cœur des événements : elle voulut tout voir.

— Mademoiselle il y a des barricades et des gens qui se battent.

— Ça ne fait rien, je viens avec toi, je te ramène avec Gianni.

— Vous n'allez pas prendre la Cadillac ?

— Et pourquoi pas ?...

Elle dut se résigner à finir le trajet à pied...

Une fois dans mon quartier, l'accueil fut mitigé.

— Mais qu'est-ce que tu fous là, la vieille : pousse-toi ! cria un manifestant.

Quelqu'un la reconnut et lui demanda son avis.

— Je suis avec vous ! répondit Chanel.

Dans l'enthousiasme, elle s'approcha des barricades au travers d'un nuage lacrymogène.

— Quelle beauté... mais qu'est-ce que c'est que ça ?

— Les C.R.S., Mademoiselle...

— Comment, mais on se croirait au Moyen Age... Regarde comme ces boucliers sont beaux !

Mais l'événement l'occupait moins que

l'absence de François. Que faisait-il? Avait-il de
l'argent? Reviendrait-il à temps pour la revoir?
L'inquiétude puis une crise de foie l'obligèrent à
se coucher.

— Je sais bien que tu as ta vie, ton mari... mais
quand même, tu pourrais peut-être... Tu te souviens de l'appartement que je t'avais loué?

— Mais, Mademoiselle...

— Et d'abord pourquoi restes-tu avec ton
mari?

— Si vous continuez je m'en vais.

— Tu vois, tu es insupportable, on ne peut
rien te dire...

Je me moquai, elle essaya autre chose.

— Écoute, c'est à toi de décider. Je ne suis pas
bien, si tu peux rester, tant mieux, sinon je
comprends... Tu es libre, l'appartement est là,
tu fais ce que tu veux, tu as toujours fait ce que
tu voulais... Veux-tu que j'appelle Philippe pour
dire que tu dors ici?

Le lendemain matin, elle me demandait : « Tu
as bien dormi? » comme si je sortais des pièces
d'à côté. Elle arrivait à en convaincre ses
femmes de chambre, pourtant sur place.

— Vous ne pouvez pas savoir comme Mademoiselle est heureuse quand vous dormez là,
me confiaient-elles, reconnaissantes.

Mais ailleurs les rôles étaient inversés.

— Cette pauvre Lilou est tellement inquiète

pour moi, sous prétexte que j'ai quelques bobos, disait-elle à Jacques Chazot.

Je continuais d'être la Lilou fragile à qui la grande Chanel apprenait à vivre... Dans les faits elle s'était totalement accoutumée à moi. Le soir, au moment de la quitter après sa piqûre, elle devenait nerveuse, presque humble dans son petit pyjama. Elle n'imaginait pas qu'on puisse faire quelque chose de gratuit pour elle; or j'avais refusé toutes ses propositions. Pourquoi lui serais-je restée fidèle? Qu'est-ce qui m'obligeait à revenir le lendemain?

Par fierté, elle refusait de me faire promettre quoi que ce soit. De même nous marquions, François et moi, un temps d'arrêt en la remenant au *Ritz*.

— Eh bien montez, si vous voulez! finissait par dire Mademoiselle.

Nous étions, théoriquement, libres de refuser. Et pourtant nous lui avions juré de ne jamais l'abandonner. Mais c'était ainsi : Mademoiselle avait peur.

Mon retour était toujours une surprise. Le simple fait de me voir, d'entendre mon « Bonjour » ou mon « Bonsoir » la bouleversait.

— Tu vois, quand tu es là, la solitude, l'angoisse, tout s'envole!

Ah, si la nuit n'avait pas existé... Si Mademoiselle avait pu passer directement du soir au

150

matin ! Elle aurait vécu sans le soupçon horrible d'être abandonnée.

Mais cette situation me mettait mal à l'aise. J'étais venue jusque-là rue Cambon pour moi, je n'y retournais plus que pour elle : Chanel qui avait tant lutté pour être indépendante, ne l'était plus... Enfin ma vie de famille devenait impossible : mes journées duraient parfois douze heures, sans compter les coups de fil la nuit...

Or la maison Chanel me refusait une infirmière, pour éviter d'éventuelles fuites sur sa santé. Il ne fallait pas que les journalistes, ou les clientes, la soupçonnent de travailler moins bien : des sommes considérables étaient en jeu. On m'accordait, en revanche, des augmentations, mais elles n'enlevaient rien à ma fatigue. Jusqu'à ce que la maison finisse par céder à mes pressions. On engagea une infirmière que Chanel finit par renvoyer au bout de trois jours, pour ne plus être traitée en malade. Je sus alors que je l'assisterais jusqu'au bout.

L'agonie

Même affaiblie, Mademoiselle travaillait toujours autant. Ses colères étaient juste un peu moins fréquentes, mais sa créativité restait extraordinaire.

— Il faut vivre comme si on allait mourir à l'instant d'après, disait-elle en redoublant d'énergie.

Quant aux idées, il lui en restait assez pour faire encore dix collections...

A l'hiver 1970, elle m'appela en pleine nuit :

— Viens me chercher, on est en retard, il faut en mettre un coup...

— Mais je ne peux pas réveiller tout le monde!

— Si, c'est l'heure de travailler.

Il fallut ouvrir la rue Cambon, convoquer quelques ouvrières, et se mettre à l'ouvrage.

Mais Mademoiselle ne savait plus toujours ce

155

qu'elle disait. La presse l'appelait directement au *Ritz* sans en passer par moi, et obtenait tous les rendez-vous imaginables. Le jour dit Chanel avait tout oublié; le journaliste, venu spécialement de New York, restait sur le trottoir... La seule solution était de la gronder.

– Mademoiselle, ce n'est pas bien. Vous qui avez horreur de l'amateurisme, vous annulez par caprice un rendez-vous.

Ce jour-là, elle accepta de revenir sur son refus.

– C'est le plus beau jour de ma vie, me dit le journaliste en sortant de table. J'ai presque quarante ans, je suis bien, non?... Je suis marié, j'ai deux enfants, et je viens de tomber amoureux de cette femme.

Mais Chanel feignait déjà d'être fatiguée par ce soupirant d'Amérique...

Mademoiselle garda jusqu'au bout son sens de la moquerie. Alors que nous la raccompagnions, François et moi, place Vendôme, elle nous confia :

– Quelle fatigue... Vous avez raison : je deviens gâteuse.

Elle baissa son chapeau, se suspendit à nos bras en traînant les jambes, et joua la gâteuse.

– Vous allez voir, je vais vous faire honte.

Et les passants suivirent, horrifiés, le calvaire de cette pauvre vieille traînée par ses bourreaux.

Mademoiselle continuait à marcher beaucoup, et à bien manger. Elle interdisait juste qu'on touche la nourriture, après avoir vu un cuisinier aux ongles noirs. Parfois, elle se réveillait au milieu de sa sieste d'après déjeuner en protestant :

– Mais je meurs de faim, moi! On bouffe ou quoi?

Impossible de lui dire la vérité – autant lui avouer qu'elle perdait la tête. Le maître d'hôtel lui réservait alors le même repas, qu'elle avalait avec le même appétit.

Elle dut pourtant se prémunir contre les ballonnements – quelle tête auraient faite ses clientes à la voir fermer ses jupes avec des épingles de nourrice! Sa silhouette, malgré cela, restait extraordinaire.

– Une orchidée le matin et deux gardénias le soir, disait-elle aux journalistes lui demandant sa recette.

En vérité, son travail valait toutes les gymnastiques.

Chanel avait toujours trouvé sa bouche trop large, et son nez trop rond. Mais elle restait fière de ses cheveux : « On peut tirer dessus, ce n'est pas une perruque! » Seule une fausse frange accusait son âge, sans parler d'une teinture noire qu'elle appliquait avec le plus grand dégoût : mais elle aurait préféré mourir que de sortir avec des cheveux blancs.

157

Mademoiselle refusait de se voir vieillir. Elle remettait les mêmes tailleurs, et maquillait jusqu'à ses mains. Rien ne devait entacher son image, son allure, son parfum.

— Mais dis donc elle sent l'ail! me dit Chazot à un déjeuner.

Je pique un fou rire, elle me presse de questions, je finis par avouer : elle était désespérée. Tout le monde lui pardonnait ses médicaments à l'ail, sauf elle.

Mais elle n'y pouvait rien. Déjà l'arthrite paralysait ses mains, au point de lui interdire l'usage des ciseaux. Je devais lui serrer les poignets pour libérer ses doigts, avant qu'un artisan lui fabrique un bracelet de cuivre. Ses absences augmentaient : il lui arrivait de sortir sans raison sur son palier en demandant : « Mais où est-elle? »

Sans moi, a-t-on dit, elle n'aurait pas fait ses trois dernières collections. Dans les moments les plus pathétiques, elle m'en remerciait : j'étais son bâton de vieillesse, son dernier soutien.

— Je reste en vie pour t'être agréable, ajoutait-elle.

Elle voyait bien encore François Mironnet, Hervé Mille et Jacques Chazot. Mais j'étais la seule sur qui elle pouvait toujours compter.

Chanel parlait souvent de sa fin. Son rêve aurait été de mourir au travail, ou en faisant une réussite – comme de Gaulle. « Quand je serai morte », disait-elle... « Je serai morte aussi. » Mais elle préférait que je sois là pour l'aider à franchir le « grand passage ». Je dus promettre de lui tenir la main pendant une heure – « et n'oublie pas de prendre cette alliance : elle est pour toi, c'est Boy [1] qui me l'a donnée »... Mais à force de la voir travailler, je finissais par la croire immortelle.

Un dimanche de janvier 1971, elle m'appella, comme tous les dimanches, pour que je vienne déjeuner. C'était pour elle un jour maudit, mais je ne cédais jamais – ce jour-là, je pouvais même être féroce. Elle insista :
– Je t'en prie, je ne vais pas bien.
Je promis, et restai chez moi.
A sept heures, nouveau coup de fil :
– Il faut absolument que tu viennes, je suis en train de mourir.
Mais combien de fois ne l'avais-je pas entendue dire, indignée : « Mais tu ne vois pas que je suis mourante ? » Je me contentais alors de lui répondre, avec un léger sourire : « Vous ne semblez pas trop mal pour une morte ! »
Une heure passa. Un coup de fil d'une de ses femmes de chambre m'alarma. Je me précipitai au *Ritz*, où je trouvai Mademoiselle en pyjama

1. Boy Capel, l'homme qu'elle avait le plus aimé.

159

de soie, la fenêtre grande ouverte malgré le froid glacial. Je lui pris le bras. Elle était parcourue de sueurs froides.

Je fermai sa fenêtre, lui ajoutai une couverture légère tandis qu'elle me glissait à l'oreille :

— Je suis sûre que c'est comme ça qu'on meurt. Donne-moi la main, tu m'as promis...

Ses doigts se crispèrent sur les miens, son visage prit une expression furieuse.

Elle mourut aussitôt.

J'étais trop impressionnée pour faire quoi que ce soit. C'était ma première mort, et la vue de ce cadavre furieux me paralysait. Je dégageai ma main de la sienne pour appeler mon mari, qui arriva vite ainsi que le médecin. Il l'habilla d'un tailleur que j'avais choisi, et comme elle me l'avait demandé, j'ôtais l'alliance qu'elle m'avait promise.

La famille organisa un grand enterrement à la Madeleine, qui attira une foule considérable. Mademoiselle avait pourtant fait d'autres projets.

— Vous m'habillez, vous me mettez entre vous dans la Cadillac, avait-elle dit à François et à moi, et vous filez vers la frontière. A la douane, vous baissez mon chapeau en disant : « La vieille dort, il ne faut pas la réveiller, voilà son passeport », et vous m'enterrez à Lausanne sans le dire à personne.

160

L'AGONIE

Mademoiselle est morte en pleine collection printemps-été 1971. Jean et Yvonne, ses premiers d'ateliers, l'ont finie pour elle, avant de perpétuer sa mode dix ans durant.

Chanel ne l'avait pas prévu. Son nom devait aller à une fondation artistique, qui n'a jamais vu le jour. Mais qu'importe aujourd'hui?

Dès sa mort je ressentis un profond soulagement. Finies les journées de dix heures, les coups de fil dans la nuit, les pressions permanentes. Finis les monologues du *Ritz*, les tailleurs déchirés, les demandes en divorce. Plus jamais je ne sentirais son regard sur moi, son poids sur mes épaules. Mon mari et mes enfants m'attendaient : j'allais pouvoir enfin vivre.

C'était une véritable libération. Pendant quinze ans j'avais été interdite de pantalon : je ne mis plus une jupe pendant des mois. Par goût, mais aussi par plaisir de défaire cette tenue que Chanel exigeait. Elle aurait détesté me voir ainsi, mais je m'en moquais. Son système avait des qualités; mais, après quinze ans, je ne voyais que ses défauts.

— Tu seras contente au début, m'avait-elle dit. Puis tu verras comme je te manquerai.

Elle ne s'était pas trompée. Le plaisir de lui désobéir fut bref. Plus le temps passait, plus je ressentais une sorte de vide. J'étais contente de ma vie, heureuse en famille, libre de mon temps. Quelque chose pourtant me manquait...

A mon arrivée rue Cambon, à l'âge de vingt-cinq ans, rien ne m'étonnait. J'ignorais encore qu'on rencontre très peu de personnages de cette dimension.

– Pour l'instant tu te dis : « quelle emmerdeuse!... » Mais tu verras comme les gens sont médiocres, et tu t'ennuyeras...

Là non plus, elle ne s'était pas tout à fait trompée.

Les années passèrent... Je continuais à voir des gens qui l'avaient connue, de François Mironnet aux frères Mille, d'Odile de Croy à Claude de Leusse. De jeunes stylistes venaient me voir – même des personnalités comme Mendès France me posaient des questions. A force de l'évoquer, je finis par l'entendre à nouveau murmurer, à propos d'une voisine de table :

– Cette pauvre fille, tu te rends compte!

Je la voyais me faire des clins d'œil dans des situations comiques, comme si elle voulait me dire : « Tu voulais te débarrasser de moi, mais je serai toujours là! »

Cette présence m'a bientôt gênée. Elle m'obligeait à revenir sur le passé, ce que je n'aime pas faire. Je n'étais plus la Lilou qu'elle avait connue; or malgré mon divorce, ma vie moins parisienne, son fantôme continuait d'habiter les tailleurs qu'elle m'avait offerts, et qui me suivaient d'appartement en appartement, avec leur parfum entêtant. Or si une odeur était chargée de souvenirs, c'était bien celle de Chanel.

En 1978, je décidai de me séparer de cette collection, ainsi que des bijoux, des chapeaux, des sacs et des blouses qu'elle m'avait légués. Je ne gardai qu'un bijou de topazes et d'améthystes qu'elle portait en permanence, et un manteau pour ma fille. Il ne me restait qu'à raconter notre histoire pour m'en détacher...

J'ai tendance à ne retenir que l'aspect positif des choses. Mais je sais que Chanel m'a donné une assurance, et un regard plus libre sur les choses. « Vous commencez lundi » : ces trois mots ont changé ma vie. On me demande souvent comment j'ai pu supporter une telle femme. Je réponds toujours : « La plupart des gens ayant connu de fortes personnalités ont l'impression de n'en avoir rien reçu. Or il n'y a pas de jour où Mademoiselle ne m'ait apporté quelque chose. »

Mon sentiment pour elle n'était ni de l'amour, ni de l'amitié, ni de l'admiration, mais un mélange de tout cela. Je la comprenais bien − c'était réciproque, je crois : notre complicité est venue de là. « Mais tu aimais Chanel », m'a-t-on dit : c'est vrai, si on admet que la base des sentiments est toujours la même, qu'ils s'adressent à un homme, une femme, une amie ou un enfant. J'ignore si elle m'aimait – je sais juste qu'il n'y avait aucune ambiguïté de sa part. Mademoiselle était un Pygmalion, cela suffisait. Mais je crois lui avoir donné autant que j'en ai reçu.

– Après tout je ne te dois rien ; mais tu ne me dois rien non plus, me disait-elle.

Si, aujourd'hui, on m'annonçait : « Elle est revenue, elle recommence, elle a besoin de toi », je répondrais évidemment non. Mais je retournerais avec plaisir déjeuner rue Cambon. Je la vois m'accueillir comme si je l'avais quittée la veille, sans question particulière. Je m'imagine prévenir ses amis – Chazot le premier, qui continue de me dire quand je le rencontre : « Tu as raison, je dois la voir, je lui téléphone demain. »

Je l'entends me faire des confidences, sans distinguer le vrai du faux. Je la sens pâlir à l'évocation de sa mort, cette solitude éternelle dans un lit glacé.

Mais Chanel est vivante pour ceux qui l'ont aimée, et c'est l'essentiel.

TABLE

Cet ouvrage a été réalisé sur
Système Cameron
par la SOCIÉTÉ NOUVELLE FIRMIN-DIDOT
Mesnil-sur-l'Estrée
pour le compte des Éditions Lattès
le 7 mars 1990

Imprimé en France
Dépôt légal : janvier 1990
N° d'édition : 90009 – N° d'impression : 14345